攀越文學的另一座高峰

為兩岸十位作家、共十三本著作，書寫出最真摯的評介。

陳長慶◎著

回顧與展望
——《攀越文學的另一座高峰》自序

《攀越文學的另一座高峰》是我近幾年來，為兩岸十位作家的十三本著作，撰寫的一點感想。除了大陸作家張再勇先生的《金廈風姿》直截了當地以「跋」相稱外，其餘各篇均以「試論」稱之。至於諸家要把它擺在前頭當「序」，或放在後面作「跋」；抑或是放在前面當「代序」，擺在後頭作「讀後」；甚至不盡君意而「大動刀斧」或「棄置一隅」，我完完全全悉聽尊便。因為替人寫序或做跋，都不是我這個不學無術、名不見經傳的老年人可勝任的。雖然蒙受諸家的青睞和囑咐，讓我抱持著恭敬不如從命的心態勉強為之，但內心依然感到惶恐，一方面深怕辜負諸家的期望，另方面惟恐被那些「飽學之士」譏諷「自不量力」。然而，當這些作品在報章刊載時，卻也得到許多鼓勵，無形中為自己增添不少信心。諸家出版的各書，也正式登錄在「國家圖書館出版品資料庫」裡，並在海內外各大書店行銷。張再勇先生的《金廈風姿》，更成為二〇〇八年「第三屆世界金門日翔安大會」指定贈送與會貴賓的書刊之一，的確是與有榮焉。

金門雖然是一個蕞爾小島，但有其獨特的歷史文化與風土民情。筆者所介紹的十三本著作中，無論是文學創作或文史書寫，諸家均以不同的觀點來詮釋逐漸式微的島嶼文化。無論題材的選擇或題旨的呈現都頗具匠心，亦同時融合著濃厚的鄉土色彩。其可貴處正因為他們均能把握住文學創作與文史書寫的要旨，並以虔誠之心來為浯島的歷史文化與民情風俗作傳承。

即使部分文學作品均取材自週遭的人、事、物，倘若以嚴肅的文學觀點而言，如此的文本或許略顯平凡，但別忘了平凡的行為與思想，卻往往會映現出許多偉大的情操。故而，我認為這本書的出版，除了對有志於文學創作與文史書寫的朋友有鼓勵的作用外，亦有它不同的存在意義。

回顧四十年前，當我還是一個文藝青年、並服務於防區最高政戰單位時，便涉獵到許多關於文學與藝術方面的理論書籍。譬如：劉勰的《文心雕龍》，克魯齊的《美學原理》，朱光潛的《文藝心理學》，姚一葦的《藝術的奧祕》以及《詩學箋註》……等等。儘管侷限於自身所學不足，缺乏深厚的文學根柢與外文能力，讀來不僅分外甘苦，卻也只一知半解，如果沒有親歷其境，是難以體會箇中滋味的。尤其是美學與哲學上的專有名詞或西洋文學典故，對我來說更是深奧難懂。復經不斷地向方家前輩請益，又查閱《西洋哲學辭典》，雖仍不能完全領會，但久而久之，似乎也從其中獲得不少寶貴的知識。它也是促使我往後對評論性文類至感興趣、以及嘗試書寫的主因。之後並有十篇不成熟的「試論」文章，先後發表在謝白雲先生主編的《正氣中華日報・正氣副刊》與吳東權先生主編的《青年戰士報・新文藝副刊》，復收錄於一九七二年由台北林白出版社出版的第一本文集《寄給異鄉的女孩》一書裡。

輟筆二十餘年後重回浯鄉這塊文學園地，即便我仍以小說與散文創作為主，餘暇也寫了幾首〈咱的故鄉　咱的詩〉，反而是爾時最感興趣的評論性文類未曾去碰觸。誠然，如以高標準的文學觀點來說，「評論」兩字對一位僅只讀過一年初中的老年人來說，似乎是沉重了一點，說它們是「讀書心得」可能較貼切。

然而，不管用什麼方式來詮釋，畢竟這些文字是出自自己笨拙的手筆，好壞必須由自己承擔。如今，儘管無情的歲月已輾過我燦爛的金色年華，但值得安慰的是爾時汲取的那些知識，並沒有隨著時光的消逝而荒廢，迄今仍然隱藏在我記憶的最深處，一旦加以思索，它們就會像琴鍵上的音符，快速地在我欲表達的字裡行間躍動。

倘若年輕時沒有歷經那段「山谷歲月」的薰陶，並親眼目睹少數高官的醜態，以及社會的現實和人情的冷暖，豈能寫出《失去的春天》和《日落馬山》；如果沒有異鄉友人購贈好些書籍讓我充實自己、彌補我學識上的不足，往後勢必沒有我文學生命的延續。因此，時隔多年後，儘管歲月遞嬗，物換星移，人事已非，但我仍舊懷著一顆感恩的心，無論是太武山谷的一景一物，或異鄉女孩純純的友誼，依然牽懷託形在我午夜的夢魂中。

二〇〇三年六月，與我相識三十餘年的摯友黃振良老師《金門戰地史蹟》出版後，有鑑於這本書是不可多得的文史作品，便以〈烽火的圖騰與禁忌——試論黃振良的《金門戰地史蹟》〉來推介這本融合著文學與歷史的佳作。該文在《金門日報・浯江副刊》刊載後，又蒙「國家圖書館」出版的《全國新書資訊月刊》轉載。《金門戰地史蹟》這本書，除了深獲讀者肯定、各界好評外，更打破文化局「贊助地方文獻」出版品再版的紀錄。雖然該文早已收錄在我的散文集《時光已走遠》裡，但為了讓它歸類，遂把它釋出放在本書裡，此舉並非充斥字數來矇騙讀者，務請諸君見諒。

即使〈烽火的圖騰與禁忌〉是我重涉評論文類的開始，但我的筆調卻作了重大的改變。只因為我書寫的並非是學術性論文，自己亦非是科班出身或學有專精的評論家，往後關於此類作品，都抱持著鼓勵重於批評的原則，三十餘年前那股得理不饒人的「草包」性，已完完全全被歲月的酸素腐蝕掉。

或許，一句鼓勵的話能讓人感到溫馨，能激發一位作家持續不斷的創作能量，而一句不妥的言詞卻往往會造成不能彌補的憾事，甚至傷人自尊而不自知。當我領悟到這些真理時，可說為時尚不晚，因為我已陸續完成十餘篇「試論」之作，其中似乎也看不到一些尖酸刻薄的文辭，除了對諸家的作品表示肯定和鼓勵外，唯一的冀望是他們能源源不斷地創作，不僅為自己而寫，也同時為我們的子子孫孫而寫，更要為這塊歷經砲火蹂躪過的土地而寫！

讀者們都知道，文學有小說、散文、詩歌與戲劇等文類，每位作者的書寫方式不同，讀者對它的賞析和解讀亦有所差異。在我的感受中，無論是哪一種文類，只要作者投入誠摯的情感，把自己所思所想或親眼目睹的瑣事與景物，一字一句地透過自己的筆端書寫出來然後成章，那便是可貴的。

而此時的社會，眼高手低、空有滿懷理想、又喜歡作無謂批評的人可說難計其數。如此之「社會人士」又能寫出什麼驚天動地的曠世之作來回饋這塊土地？回顧自己多年的創作過程中，曾經有一種幼稚的想法，總認為自己的作品與主流文學尚有一段距離，縱使出過幾本書，也只是一些難登大雅之堂的習作而已，於是一份無名的自卑感打從心靈深處油然而生。儘管我認識的詩人、作家、學者、藝術家無數，彼此間誠摯的友誼也建立在文學的共識與相互尊重上，但在自卑感的作祟下，自己彷彿矮人一截似的，與他們相處在一起時，始終有一份莫名的疏離感。

然而，當歲月的巨輪輾過我六十餘年的日月晨昏時，不僅讓我體會到事非如此，甚至發現自己後期的部分作品，亦曾將這塊土地獨特的歷史文化與風土民情融入其中。如果與這座島嶼沒有任何淵源，如果沒有和它衍生出一份血濃於水的深厚情感，是難以把它書寫成章的。而那些長久與這塊土地疏離的「學人」，是否真能把這座島嶼作完美的詮釋，倒也不盡然。因此，我以生長在這座小小的島嶼為榮，這片敦厚樸實的土地，也就是孕育我成長的母親。

總而言之，在這段自我摸索的創作過程中，我冀求的是讀者諸君與鄉親父老的認同，而非那些不實際的虛名。只要不是東抄西湊、人人欲誅之的「文抄公」就好，至於自己如何被定位，作品如何被歸類，並非某些人說說即可算數，就讓我們的後代子孫與永恆的歷史來定奪吧！

縱然，此時已是我生命中日暮黃昏的暗澹時刻，但不管來日尚有多少時光，還能在這塊生我育我的土地遊戲多久，寫，仍是我此生不二的選擇和堅持，絕不輕言輟筆。爾後的創作方向和目標，依然會以這座島嶼為出發點，我將義無反顧地蘸著自己的血淚書寫金門——

寫出浯鄉農村田園與湖光山色的純樸和秀麗；

寫出被砲火蹂躪過的悲傷情景與和平的展望；

寫出這座島嶼讓人稱頌的人文歷史風土民情；

寫出低俗齷齪的選舉文化和醜陋的政客嘴臉；

當然，還有對這片土地以及鄉親的愛和關懷……。

二〇〇九年六月於金門新市里

目次

烽火的圖騰與禁忌

——試論黃振良《金門戰地史蹟》

沒有歷經過戰爭的人，不知戰爭的恐怖。沒有在戰地政務體制下生活過的人，何能領會到島民內心的痛。雖然作者所欲表達的意象不在此，他只是站在一位文史工作者的立場和角度，跳脫史料的引述，從民間的訪談與觀察，以及親身體驗、小心求證的結果；用鏡頭、用文字，留下彌足珍貴的文史供後人閱讀和參考，也同時為走過烽火歲月的島嶼做見證。或許，這才是作者編撰這本書的原委和初衷。

不可否認的，實施近四十年的戰地政務，在島民長久的期盼下，終於宣告終止；居民真正享受到前所未有的自由。相較於軍管時期、戰地政務體制下，「自由」兩字離他們很遠，他們背負著「戰地」的包袱，肩挑著「前線」的重擔，單行法壓彎了他們的腰，戰備米的黃麴毒素奪走了無數的性命。然而為了先民留下的這片土地和田園，為了不願流浪異鄉成為一葉無根的浮萍，他們忍氣吞聲，承受著心靈與肉體的雙重煎熬。

憲法規定人民有居住的自由，對他們來說是不存在的，無辜的島民只能夠在鐵絲網下、在雷區裡求生存。從「五戶聯保」、「留宿條」、「流動戶口」、「列嶼往返同意書」、「台灣金門往返許可證」到「蠔民證」、「灘民證」、「漁民證」、「夜間通行證」……等，一個家庭擁有十證八證者並不稀奇。因為這裡是戰地、是前線、是反攻大陸的跳板，是保衛台澎不沉的戰艦！為了安全，為了防止敵人的滲透，不得不設限來防堵，不得不懷疑他們的忠貞。因而在發證之前，少不了要經過一番安全查核，通過後再造冊列管，最後始能蓋章領證。甚至「穿衣」要管制、「燈火」要管制、「路線」要管制、「汽機車」要管制、「照相機」要管制、

「收音機」要管制……，竟連印著國父孫中山肖像的鈔票也要管制。除了「限金門地區通用」外，一般居民匯款到台灣也有一定的限額，商家向台灣採購貨物，其貨款則必須向財糧科申請匯款單，始能全額匯出。生長在這方島嶼的居民，的確是中華民國的次等國民。雖覺可悲，但也無奈。

或許，在那個高喊著：「一年準備、二年反攻、三年掃蕩、四年成功」，充滿著美夢的時代裡，島民能體會當權者的心態。然而，一旦接到集合通知，他們必須放下田裡的工作，管不了放牧的牛羊和家禽，管不了家中的妻小和老幼，自備簡單的糧食，在限定的時間內，在炮火或烈日下，參與搶灘和運補、參與訓練和演習，倘若有所疏失，必以軍法大刑來伺候，「人權」兩字對他們來說是陌生的。多少無辜的島民被送到軍中私設的「明德班」管訓，或移送到太武山谷的「軍事看守所」坐牢。他們並非流氓或地痞，更沒有犯下滔天大罪；倘若說有，那只不過是玩玩紙牌，排遣長久壓抑的寂寞；或是閒聊時說幾句牢騷話；抑或是查戶口時，被查到藏有一雙軍用布鞋或一罐軍用魚肉罐頭等等芝麻蒜皮小事。他們在明德班所受的折磨，在軍事看守所遭遇的苦難，只有身歷其境者，始能領會到它的苦楚。

不錯，有戰爭就有和平，有破壞就有建設，遭受攻擊就懂得防禦。居民雖然受到不平等的待遇，但自從兩岸軍事逐漸地和緩，無情的炮火不再蹂躪這塊島嶼，駐守在島上的十萬大軍也的確是為它帶來不少商機，居民的生活顯然地有了重大的改善。島上的建設有目共睹，從造林鋪路、擴建機場、濬深港灣、慈湖築堤、太湖疏濬、榮湖圍堵、重闢榕園和中山林、建造東美亭、經國紀念館、俞大維紀念館、八二三紀念館……等等，企圖把金門塑造成一座中外皆知的海上公園。這些傲人的成績，不得不歸功於戍守在這方島嶼的國軍弟兄們。

然而，為了要讓這些二年始可輪調或退伍的官兵在精神上有所寄託，在身心上能得到慰藉，幾乎每個師或海空指部都設有文康中心。除了電影院、百貨、冰果、撞球外，金防部也在各地中心點設立「官兵特約茶室」，甚至偏遠的離島也派遣侍應生做不定期的巡迴服務。慈湖築堤施工期間，也臨時租用民房，在安歧設立「機動茶室」讓日夜趕工的官兵能紓解一下壓抑的性。同時也在金城總室開放設立「社會部」，讓無眷的公教員工有一個發洩的地方。特約茶室的設立，除了解決十萬大軍的性需求外，無形中也減少了許多軍民之間的感情糾紛，這是值得肯定的地方。

在休閒方面，每月由各單位遴選優秀官兵到位於成功村的「官兵休假中心」休假一週。除了欣賞電影、藝工隊演出、參觀金門各景點，其三餐伙食也是一般部隊所享受不到的。每三個月再遴選一梯次的「前線有功官兵」接受國防部的表揚，並得以參加軍人之友社的招待和總長的歡宴。在十天假期裡，軍人之友社會派遣專車和服務小姐，讓這些來自前線的有功官兵遊覽台灣的名勝古蹟。官兵一旦被遴選上，其興奮的程度不言可喻。時值筆者服務於金防部政五組，雖然承辦的是「福利」，但「民運」、「康樂」、「造林」、「戰地政務」、「慰勞慰問」……等，都屬政五組的業務範圍。攸關這部份，該書涉獵和著墨的章節不少，故而略做一點小小的闡述和補充。

綜觀上述，或許只是《金門戰地史蹟》裡的一些片段，但何嘗不是生長在這方島嶼的每一位人們最熟悉的一環？然而，作者以十三萬言的文字配上三百餘張圖片來詮釋這本書，但自始至終沒有用一句激烈的言辭來批判時政，或表達對現實的不滿；僅僅以一個文史工作者的誠實態度，來紀錄這份戰後遺留下來的史蹟。或許，每個人對人世滄桑都會有一份同情和關懷，身為一個早期的作家、現在的文史工作者，他的感受勢必比其他人還強烈。因此，他花費了很長的一段時間，到處訪談、蒐集資料，每一個章節更以影像來彰顯事件的真實感；而後詳詳細細記下每一個片段，並以五十五個「註」來引證事件的出處，絲毫沒有掠奪他人之作據為己有之差池行為，這是一個文史工作者「文字誠實」的可貴處，亦是作者文品與人品相互映輝的展現。

除了五十年戰地歲月的陳述和記錄，作者更將文史工作者的觸角向前延伸到明清時期的金門，讓讀者從金門歷史看金門的今日，進而期許金門的未來。以往的烽火歲月裡，金門人苦於兵禍；承平的年代，又擔心來自內地和海上的盜寇。就如同現代金門一般，駐軍的增加雖可以帶來百姓的收入，人民卻必須生活在戰爭的恐懼中；等到和平的日子來到，卻又得面臨駐軍減少對民生帶來的衝擊，難道這就是小島子民的宿命？

倘若以文學的觀點來說，顯然地，《金門戰地史蹟》除了是一部浯鄉文史外，更有報導文學的磅礡氣勢。作者從文學的路途走來，曾經在報刊雜誌發表無數的散文和小說，筆者在三十餘年前評論他的散文〈溪流的懷念〉時，曾經引用約翰・科克德對早熟的天才作家拉提葛下過的評語：「他是屬於嚴肅的種族，用不著等待歲月的成熟，就以渾身的智能燦爛地開花結果。」三十餘年後的今天，重提這句話的用意更明朗，足見爾時的我並沒有引用錯誤，雖然作者的身分已由文學創作者轉換成文史工作者，然而他並沒有放棄對文學的熱衷。

在寫完《金門古式農具探尋》以及《金門民生器物》二本鄉土文獻後，幾趟祖國行，讓他毫不考慮地放下另一部文史資料的蒐集，改以他清新細膩、節奏明快的生花妙筆，以及豐富的想像力，在短短的幾個月內寫出《掬一把黃河土》這本讓人印象深刻、生動流暢的散文集。可惜，在過去的時光裡，作者歷經過艱辛苦楚的農耕歲月，親眼目睹漫天的烽火和硝煙，親身體驗到社會的變遷和世道的莽蒼，卻始終不願以這些珍貴的題材，經營成一篇有血有淚的大河小說。誠然構成小說的要件繁瑣，但我想惟有像作者如此熱誠、真實、下筆嚴謹的文史工作者，方有資格、有能力、來寫下此一篇章。

總的說來，《金門戰地史蹟》是一本文學與文史相互交融和結合的作品，無論讀者從任何一個角度來閱讀，必能從其中獲得讀後的快感，更能領會到一個文史工作者所付出的心血和代價；進而再從內文的每一個章節，看到金門戰地的原始面貌。從早期或近代，從反攻備戰到後勤補給；從海岸工事到陸空防禦，從自衛民防到軍事管制；從官兵休閒到紀念性建築，還有幾乎被人遺忘了的聚落、地名的更改，書裡都做了最完美的詮釋。作者替這塊曾經被戰火摧殘過的島嶼留下的，不僅僅是十三萬言的文字和三百餘張圖片。他最終目的是讓讀者更深一層地去瞭解、去體會、去包容、去寬恕在這座島上所發生過的每一件事，也同時為那個悲傷苦楚的年代做見證。

此時，兩岸的軍事已不再對峙，疼痛的歷史傷口也逐漸地癒合，戰爭已遠離這座小小的島嶼，兩岸人民已開始互動，小三通的船隻也已啟航。做為一個文史工作者，更應秉持千秋之筆，運用父母賜予的智慧，寫下不朽的篇章，把它記錄在浯鄉的文史上，為這片土地盡職、為時代盡責、為永恆的歷史做見證；用筆完成時代使命和歷史任務。

今春應金門縣文化局之邀，擔任「贊助鄉土文獻」評審，在讀完《金門戰地史蹟》這本書的初稿時，我在評審意見欄裡寫下：

從歷史的回顧，到成長的軌跡，作者以嚴謹的筆調，優美的文辭來闡述即將被遺忘的金門戰地史蹟。文中見解卓越、引證廣博、段落分明、結構嚴密、圖文並茂，為不可多得的文史佳作。

而此時，我以這短短的幾句評語做為本文的結束，似乎並無不妥之處。相信這本書的出版，必定能在文壇上生生不息、久遠流傳；也是二〇〇四年預定在浯鄉召開的「國際島嶼會議」不可或缺的史蹟導覽。它足可讓與會的國際人士和兩岸三地的同胞，更深一層地去瞭解金門文化的特色、傳統聚落和古厝的風華，以及戰爭遺留下來的歷史痕跡。

原載二〇〇三年八月第五十六期《全國新書資訊月刊》

走過滄桑、走出悲情

——試論林馬騰《金門的烽火煙塵》

《金門的烽火煙塵》是林馬騰先生繼《走過滄桑歲月》、《烈嶼的烽火歲月》與《大膽島的風雲歲月》後的第四本書。

顯然地，《金門的烽火煙塵》已跳脫了前三書的窠臼，以更嚴肅的筆力，優美的辭藻，深入到浯鄉軼事的書寫和探討。雖然這些篇章都是正史沒記載過的瑣事，但它卻是活生生的島嶼生活史和近代史，大凡生長在這塊土地的子民，讀過後勢必都會有感同身受或親歷其境之感。因此，我們認為：林馬騰筆下流露的，並非只是單純的史實記載，而是透過文學之筆來詮釋烽煙下的島嶼歷史，把戒嚴軍管時期在島上發生過的種種事端，憑著自身的記憶和不厭其煩地四處求證，忠實地紀錄下來。從歷史的回顧到成長的軌跡，無不赤裸裸地把其真實的一面呈現在讀者面前，讓讀者們彷彿進入到昔日的時光隧道，也同時喚起老一輩鄉親父老的記憶。

國軍從大陸撤退來台迄今已五十餘年了，「北貢」二字或「北貢兵」三個字，抑或是「北貢兵仔」四個字，對金門人來說一點也不陌生。爾時金門人受到北貢兵照顧的有之，受到打壓傷害者亦不在少數，作者把〈北貢與死老百姓〉融合成章，的確是一個精心的設計和巧妙的安排。

在以軍領政的戒嚴時期、軍管年代，善良的島民豈敢公然地叫他們「北貢」，倒是處處可聽到「死老百姓」的粗言俗語。然而，隨著時光的流逝，北貢兵在反攻大陸無望的此時，大部分已垂垂老矣，有些早已遭解甲、就養於榮民之家，有些則已回歸塵土，少部分則在這塊島嶼落地生根、和島民融為一體，「北貢」一詞也慢慢地從島民腦中遺忘，「死老百姓」一語更隨著北貢兵的凋零走入歷史。從整篇作品的架構中，我們也可以清楚地發現到作者撰寫此文的目的，絕非想挑起族群的對立，而是站在一個文史工作者的立場，為讀者們解說這段軼事的由來。

閩南語迄今尚無一套標準的字形，想以它的語音來轉換成文字，的確是不容易的。從側面上得知，作者為了求證「北貢」這二個字，不知詢問過多少長輩和友人。從「北狂」、「北絳」到「北誑」、「北摃」都有人說。倘若依目前的閩南語辭典來解釋，「狂」是慌忙或發狂，例如：「青狂」、「掠狂」。「絳」是形容很紅、很香，例如：「紅絳絳」、「芳絳絳」。「誑」是欺騙的意思。「摃」是用棍、棒打或擊、撞，例如：「摃囡仔」、「摃鐘」。而作者選用的卻是一個較溫和的「貢」字來取代其他同音字體。眾所皆知，「貢」的解釋是「進貢」或「貢獻」的原意，雖然那些北貢兵是因戰敗而撤退到這座小島上，準備整軍經武反攻大陸，並沒有帶什麼貴重的物品來「進貢」，但對這塊島嶼的「貢獻」不能說沒有。或許作者就是從這個層面做思考，而選用「貢」字來替代，我們不得不佩服他的用心。儘管爾時的社會受到北貢兵不少衝擊和打壓，但畢竟，那是一個不一樣的年代，島民只有包容，沒有記恨。整體說來，北貢兵比充員兵較有感情，這是鄉親父老共同的體認。

受到社會不良風氣的影響而衍生出來的陋規陋習，似乎每個地方都有。六十年代盛行的「三八婚制」，曾在這個小島上掀起很大的波瀾，但它只是少數的個案，沒有收取聘禮的還是佔多數，因此，我們不能一概而論。

在男多女少的情形下，三十幾歲還討不到老婆的鄉親在島上屢見不鮮。於是，部分經濟較寬裕的家庭，在「有錢沒錢討一個老婆好過年」的傳統觀念下，不惜以高額聘金做誘因，為自己的子弟討房媳婦。然而，在歪風陋習的煽惑下，卻苦了貧窮人家，養二隻大肥豬宴客或許不會有問題，而高額的聘金禮和手飾錢要到哪裡去籌措？

少數無知的家長財迷心竅、見錢眼開，禁不起金錢的誘惑，罔顧子女的幸福，在媒婆穿針引線、有樣學樣下，莫不趁機大敲一筆，甚至有「明」與「暗」兩種。

「明」的是透過媒婆公開表明聘金的金額和豬肉的斤兩；「暗」的則是為顧及雙方顏面，表面上不收任何聘禮，暗中卻以「食茶禮」、「婚書禮」為名目，收取巨額紅包；或言明「食幾擔肉」，再將豬肉的斤兩依市價折成現金。如此既要面子又要銀子的不當行為，的確讓鄉親感到萬分的痛心。

「八兩黃金、八千塊錢、八百斤豬肉」的「三八制」的存在，對於一些貧窮敦厚、有女待嫁的鄉親來說，倒也情有可原。他們會用男方送來的金飾做為陪嫁，讓女兒披金戴銀風風光光地上花轎。收取的聘金，也會為女兒選購一些家電用品或依習俗添購一些行頭做嫁妝。豬肉除了宴客外，也必須回贈至親好友，通常是依「添妝」的金額和價值來計算，譬如說：「一錢金仔」答「五斤肉」或「一套衫褲」答「二斤肉」。

除了俗稱的「三八制」外，亦有少數較淺見現實的鄉親，為了貪圖高額聘金，不顧倫理、違背傳統，狠心地把十五六歲、發育尚未完全，甚至夜間還會尿床的女兒，嫁給三十幾歲、年紀足足大她一倍的男子為妻，最後落了一個「賣女兒」的「臭名聲」，讓人恥笑終生。

讀完〈三八制與兵婆〉，我們可以發現到作者書寫此文的用心，他不僅從社會層面和人口沿革分析事因的由來，探討的亦非單純的「三八婚制」，而是涵蓋時代背景和社會問題。想當年，忍受鄉親的奚落、嫁作「兵婆」的金門婦女，似乎個個都有幫夫運，不僅沒讓她們的夫婿戰死沙場，反而在官場上平步青雲，由「兵婆」成為將軍夫人或官太太的大有人在。但金門的「兵婆」是與大陸來的「北仔婆」不一樣的，至少不會有「北仔番」，也不會淪落成「番仔兵婆」的情事。

「口令」在軍中施行已久，它針對的是夜間通行人員；「通行證」則有「夜間人員通行證」、「夜間車輛通行證」，哨兵是認證不認人的；「路條」是戒嚴時期、戰地政務體制下的獨特文化。作者長達十餘年的軍旅生涯，對軍中內部可說瞭若指掌，對當年往返大小金門的「路條」、在鄰村作客的「留宿條」，都做了詳細的敘述。讀完〈口令、路條、通行證〉讓我們想起爾時，島民距離「自由」實在太遙遠了，「自由民主」對島民來說只不過是一句遙不可及的口號，善良的鄉親除了搖頭感嘆外，又能奈何？事隔數十年後的今天，當金門不再是戒嚴地區時，通行證、查核單、許可證、申請書、出入境證……等，也隨著戰地政務的終止走入歷史，島民才真正擁有自由、享受自由，體會到自由的真諦。

〈蒼蠅、老鼠尾、麻雀腳〉這篇文章則讓生活在那個年代的島民記憶猶新。我們都知道，滅蠅、捉鼠是為了防治傳染病的發生；麻雀則是危害高粱、玉米和大、小麥的首要元兇。如果沒有政府硬性規定，軍民同心合力滅蠅、捉鼠、捕雀，一旦讓牠們無限制地繁衍，不知會為這個小小的島嶼衍生出多少疾病和鳥害。作者除了闡述事情的來龍去脈外，也不忘以輕鬆的筆調，告訴讀者幾則「上有政策、下有對策」的小故事。儘管事情已歷經過三十餘年的時光歲月，但我們敢如此說：無論任何一個年齡層次的讀者閱讀這篇文章，勢必會有情見乎辭的感觸。

〈血濺百合紅〉是一篇血淚交織的作品，以作者的文學素養絕對能把它書寫成一篇氣勢磅礴、有血有淚的長篇小說。然而，作者為了忠於史實，僅以平實的筆調為讀者們詮釋：「一個戰亂的政局，造成時代的悲劇，把一個幸福美滿的家庭，活生生地分隔成兩地；而後是一個私慾的心，加上一顆手榴彈，讓一朵純潔無瑕的百合，無辜地受到狂風的摧殘，毀滅一個家庭團圓的美夢。」

類似如此的案件，在這個小島上少說也有數十起。當一個自小隨著部隊南征北伐，而後輾轉來到這座島嶼的老兵，面對故國的山巒，思鄉的情愁無形中更上心頭，見到島上的百姓，難免會想起家鄉的妻兒，在歸鄉無望、感情無所寄託時，可能中心理就會失去平衡。於是在絕望的同時，不得不使出激烈又卑鄙的手段，讓一朵純潔無瑕的百合，陪他同赴黃泉，造成不能挽回的時代悲劇。倘若以時代的背景而言，豈止是悲劇，而是人性慘遭獸性暴虐的寫照！

〈劫持女青年工作隊慘案〉和〈談郝柏村與八二三砲戰〉以及〈大膽島大捷外

一章〉是三篇不一樣的作品。前者是跟隨郝將軍的一位傳令兵的回憶，繼而是和曾經參與八二三砲戰連長李行俠先生聊天的記事，後者先是正史的敘述，復由爾時擔任運補的船伕口述。從作者有條不紊的記錄中，我們可以發現到，作者並沒有誇大情節或加油添醋來取悅讀者。他筆下流露的，不僅有新聞記者專業的素養，更有文史工作忠於史實的堅持。我們看到的並非只是聊天記事和回憶，而是三篇有深度、有內容的報導文學。

〈撿彈片與拾宣傳單〉可說是許多中年鄉親的共同記憶。回想八二三砲戰那年，連續四十四天，平均每天落彈萬餘發，除了滿目瘡痍、到處是斷垣殘壁外，死傷的鄉親無數，滿山遍野都是牛羊屍首，大大小小的砲彈碎片讓人怵目驚心。作者在這篇文章所要詮釋的，並非是砲戰帶給我們的財富，而是身心所受的傷痛。讀者不僅可以從其中看到一頁頁殘酷的戰爭史，更可以從作者歸納的宣傳單內容中，窺見共軍的心理戰術。

如果沒有在軍中歷練，作者焉能寫出〈開鑿坑道的血淚史〉和「王師計劃」那麼深入的作品。眾所皆知，金門四面環海，土地貧瘠，卻有天然形成、地質堅硬的花崗岩石。八二三砲戰前後，軍方利用地形已陸續地開鑿了多處地下坑道，從擎天峰到金城營區的南坑道，明德營區的中央坑道，武揚營區的武揚坑道，經武營區的十八坑道，以及中外馳名的擎天廳，不到十年的光景，已把整座太武山腹掏空。詩人李正合先生曾經寫過一首七言詩：「鬼斧神功不可方，花崗鑿出擎天堂。千心聚會凝成鐵，誓殄潢池恢夏綱。」來讚美擎天廳。除了太武山外，島上大小坑道無數，幾乎都是戍守在島上的國軍弟兄胼手胝足開鑿而成的，其中不欲人知的辛酸淚，我們可以從作者親歷其境的血淚史獲知一切。

大陸撤退來台後，主政者有一個目標，那就是：「一年準備、二年反攻、三年掃蕩、五年成功」這不僅是口號，也是夢想。〈從金門反攻大陸祕辛〉裡，我們看到的彷彿是一篇緊張刺激又扣人心弦的小說。「王師計劃」的主要目的，是要把一百六十餘位國軍弟兄，訓練成一支紀律嚴明、戰技精湛的鋼鐵部隊，而後代表國軍反攻大陸去，冀望中共在文化大革命的亂象中，軍民唾棄其政權，起義迎接國軍凱旋歸來。這個列入「極機密」的訓練計劃，以現在的眼光看來，似乎有點荒謬。它與軍方近期透過口述歷史，公開五十餘年前，蔣總統祕密擬定的「反攻大陸」計劃（國光計劃）有異曲同工之處。

想當年，中共揚言「解放台灣、血洗台灣」，而我們卻以「反攻大陸、解救苦難同胞」來呼應。兩岸的軍事整整對峙了數十年，非但不能讓當初高喊口號的領導人如願，反而讓人民成天生活在恐懼和不安中。作者在三十餘年後的今天，也誠實地做了一番檢討：「以一個連作為王師部隊，不是太天真，就是近乎兒戲，若能成功，可真謂是天方夜譚。」儘管如此，我們卻能從整篇作品中，體會出國軍弟兄不怕苦、不怕難，服從命令、團結一致，參與訓練的戰鬥精神。而此時此刻，有多少青年子弟禁得起這種訓練？有多少國軍弟兄耐操耐磨？這篇作品足可做為青年朋友自我成長以及邁向成功之路的借鑑。

總括說來，林馬騰《金門的烽火煙塵》，不僅僅只是一般史料的蒐集和記載，誠然我無法針對書中的十四篇作品一一深入分析和探討，但若以爾時的時代背景與社會結構來看，則可以清楚地發現到，林君所書寫的，除了是一本文學與文史相互融合的作品外，更重要的是，他以華麗的文辭、嚴謹的筆調、邏輯的結構，加上百餘張圖片做佐證，嘔心瀝血地為這座島嶼寫歷史。無論讀者從任何一個基點來閱讀，絕對能從其中獲得許多寶貴的知識，以及瞭解島上豐沛的人文風采，和諸多不欲人知的陳年軼事，更能領悟到一個文史工作者，不畏辛勞、四處探訪、小心求證、忠於事實，對歷史負責任的堅持和韌性。

筆者與林馬騰有一年的同學之誼，那是民國四十九年，我們同搭金門中學復校的頭班車，分發在一年和班就讀。他來自島外島的烈嶼鄉，我來自東半島的窮鄉僻壤，家庭同為救總有案的貧戶，同時走過艱辛苦楚的農耕歲月。一年的同窗雖不能成為知交，但他待人謙虛誠懇，學業成績更是名列前茅，讓我印象深刻。然而，迫於貧窮家境使然，我讀完初一下學期就輟學，而他雖然幸運地熬到初中畢業，最後卻遭受和我相同的命運，到金防部當雇員；不久，即走上從軍報國的路途。其間，經過多年的苦學和磨鍊，歷經無數的風霜和雨雪，終於順利地完成政戰學校正規班的軍事教育。

十餘年的軍旅生涯，他以堅強的意志力克服萬難，不斷地吸收新知識來充實自己，並充分地發揮革命軍人不怕苦、不怕難的戰鬥精神，無論身處在任何一個崗位，都有優異的成績表現。於是從少尉到少校，每階均獲得長官超序保薦晉升，對一位沒有顯達做背景、高官當靠山的金門子弟來說，確實有不凡的意義。

然而，好景不常，在擔任砲兵營少校輔導長的一次反砲擊任務中，被匪砲擊成重傷殘。軍方隨即將其送往尚義醫院急救，復後送台北三軍總醫院醫治，數度進出開刀房，使用麻醉藥劑長達半年之久，他憑其不向悲傷命運低頭的毅力，和病魔作長達年餘的殊死戰，雖然贏回寶貴的生命，卻不得不以「作戰二等殘」光榮地退伍，轉而擔任烈嶼國中的行政組長，直到退休。

退休後的林馬騰，並沒有因此而得閒，他憑著深厚的國學根基與文學素養，以及在軍中、在社會的歷練，由當年的散文創作，轉換成文史的蒐集和書寫。短短的幾年中，交出來的不僅是一本本圖文並茂的文史佳作，更是一張張令人刮目相看的成績單。因此，我們敢於肯定，他不僅走過爾時的滄桑歲月，也同時走出傷殘悲情的陰霾，往後的每一段時光，勢必更能隨心所欲，做自己想做的，寫自己想寫的，為這塊曾經被戰火蹂躪過的土地，奉獻更多的心力，為這個小小的島嶼，留下更多的篇章！

原載二〇〇六年八月十五日《金門日報・浯江副刊》

再唱一曲〈西洪之歌〉

——試論寒玉《心情點播站》

《心情點播站》是寒玉小姐的第一本書。

收錄於書中的四篇新詩、十五篇沉思集，以及五十六篇散文，不管它記錄的是週遭的一切，或寫別人、寫自己，都有一個共同點，那便是真摯情感的抒發與延伸。而更令人激賞的是她以清新、平實、富有哲理的筆調，把內心欲表達的意象，透過華麗的文字做最完美的詮釋，讓人讀後有身歷其境與感同身受的怡然快感，這也是本書最可貴、最值得稱讚的地方。

生長於島外島的寒玉，十二歲就跟隨家人遷徙到大金門，而後落腳在東半島的一個小村落——西洪。爾時的西洪，飛沙走石、一片荒蕪，被喻為是鳥不生蛋的地方。然而，在雙親「佛爭一炷香，人爭一口氣，人窮志不窮，腳步既已跨出，就得立下決心，無論歷經多少困難，都必須全力以赴，只許成功，不許失敗！」的訓勉和教誨下，全家大小同心協力、辛勤耕耘，數年後終於把貧瘠的土地化為良田，也同時把寒玉孕育成一個亭亭玉立的美少女。雖然往後因家庭因素不得不輟學協助家人經營雜貨店生意，即使每天忙得團團轉，但並沒有減少她對西洪這片土地的熱愛，以及自己對文學的喜好。於是，她選擇以筆來歌頌、來禮讚西洪的雄偉和秀麗。

我們可以從她的詩作〈西洪之歌〉中，讀到一行行令人心曠神怡的美妙佳句：

草在晨風中飄逸，翠綠如玉

露珠在花瓣跳躍，鮮嫩欲滴
靜聆林中悅耳的鳥語
欣賞枝頭盤飛的神韻
青山靜臥這土地
白雲山頂上漂浮
……
送夕陽、迎晨曦
碉堡、山巔
威武的戰士巍然站立
……
綠野平疇的稻田迎風輕舞
遠山、近野、高樓、矮房

都柔和在一片溫柔的光芒中

在這首僅十餘行的短詩裡，作者把西洪的晨昏美景詮釋得淋漓盡致，如果與西洪沒有深厚的情感，不瞭解西洪的地理環境，焉能譜出如此優雅、柔情的〈西洪之歌〉。

從〈西洪拾穗〉、〈西洪景緻猶盛宴〉到〈西洪暮景〉，作者紀錄在西洪生活十五年的快樂時光，以及內心誠摯的感受，繼而地再從眾多的文字中，勾勒出雨後的西洪景緻，並以十行四句聯，寫出源自心靈深處流露出來的真情。即使她離開西洪已十餘年，但對西洪的愛和眷戀，遠勝於任何一位曾經在西洪村住過的西洪人。倘若沒有深厚的感情存在，當她帶著友人重回故居復又別離時，又如何能寫出：

揮別了西洪，這孕育我成長的地方，曾經於此，縱情於山水，心靈的追求，由文字所散發出來的，是山山水水的愜意時光，每回返此，倍覺舒泰。這兒，芳美的容貌，清新的意象，不時在腦際徘徊！

儘管在這短短的幾十個字裡，作者不能把內心深處真摯的感受，以及西洪怡人的景緻全面地呈現出來，但我們卻能從其中窺探出她欲表達的意象是什麼。

收錄於書中十五篇隱含著哲理的沉思小語，是作者從生命的領悟到生活的體驗後，對人生價值的另一種詮釋。她告訴讀者們說：「生命靠自己創造，明日的命運乃取決於今日的成果，一個真正積極的人，會從生活體驗中去充實自己，也會用平和、寧靜的心去接納別人。」復又說：「每個人的思想、生活方式均不同，我們無權左右他人，卻也有權不受他人左右。別人的批評，如果是中肯、委婉，且富有建設性的，自然洗耳恭聽、虛心接納；若屬刻薄，且充滿惡意的攻擊，就充耳不聞，以免動搖意志，影響未來前途。」即使這些只是作者個人生活中的體悟，但我們可以看出她對生活中的每一個細節，對人與人之間的冷漠和人性的醜陋面，都是那麼用心地在觀察、在思考、在領悟，而後理出一則則不僅扣人心紘，亦能啟發人性，更能激盪腦力的沉思錄。讀者們看到的，彷彿不只是一般的「生活筆記」或「田莊小語」抑或是「隨感錄」，而是寒玉為讀者們書寫的「勵志文粹」。

〈佇足睹賞花崗岩〉是寒玉以軍眷身分，參加「陸軍第二十四屆文藝金獅獎」榮獲「散文類銅獅獎」的得獎作品。作者雖然以「國軍八二〇醫院」（花崗石醫院）為背景，然整篇作品，卻聞不到一絲藥水味，更沒有為迎合評審而有「反共文學」或「戰鬥文藝」的說教味和煙硝味。作者以平實而華麗的筆調，首先進入讀者眼簾的是與花崗石醫院比鄰的小村落——夏興。

夏興的晨曦朦朦，輕煙飄昇向天空。遠望，海面遼闊無涯，漁帆點點，那無際的海景，有時靜默如鏡，悠閒自在，快樂逍遙；有時怒濤洶湧，翻騰滾滾的巨浪，撞擊岩石，捲起滿天水花……。

眾所皆知，花崗石醫院係建在夏興村後太武山支脈的花崗石山岩內，全憑國軍官兵以無畏無懼的戰鬥精神和堅強的意志力，經過二年的時間，將山崗開鑿成一個大洞，洞中有九條縱橫交錯的通道，分別設置醫療區、行政業務區、官兵生活區……等，為戰地軍民提供完善的醫療服務。當作者迎著朦朦的晨曦，佇立在山岩上遠望陳坑海域，繼而地又巡視了夏興村郊的田園美景時，幾乎把週遭的一景一物、一草一木，以及自己內心的感受，都做了最完美的描述。在整篇作品裡，幾乎以近一半的篇幅，把花崗石醫院的內外景緻，詮釋得暢達詳盡，情態逼真。當她帶領讀者進入到「神奇雄偉，舉世聞名」的花崗岩內時，則展現出一顆悲天憫人之心，無論是對生命的尊重、對病患的關懷、對醫護人員的肯定、對行政人員的辛勞……等，都有不少的著墨。把這座被稱譽為世界首座深藏於花崗石山岩內的醫院，提昇到一個完美無瑕的境界。讓人們親身去體驗它盎然的生氣，感受生命的絢麗，品味它的宏偉與溫馨！因此，我們認為〈佇足睹賞花崗岩〉一文的得獎，並非僥倖，而是作者文學實力的展現，也是她二十餘年來辛勤筆耕，所獲得的肯定和殊榮。

寒玉心情凝重地說：「學歷一直是她內心的痛，在文憑掛帥的現實生活中，無法與人平起平坐，糾結的痛楚，唯有天知曉！」雖然，我們不能否定學歷在社會上的功用和它的光環，高學歷更是人人夢寐以求的，但每個人的家境、際遇和命運卻不一樣。在爾時那個兵荒馬亂又貧窮的年代，以及受到兩岸軍事對峙而引發的「九三」、「八二三」、「六一七」等多次砲戰的影響，並非人人有書讀、個個有書唸，沒有失過學的人，也永遠不知道失學者內心的苦痛。然而，擁有高學歷的人，卻也不一定有高人一等的品德和文學素養。一個沒有學歷的家庭主婦，在繁瑣的家務之餘，還能秉持著熱愛文學的初衷，持續不斷地創作，甚至結集出書，的確備感可貴。相信讀者們給予她的，絕對是肯定和鼓勵的掌聲！

去歲小暑，美國哈佛大學「東亞語言與文明系」副教授宋怡明博士來訪，在座的尚有《金門日報》總編輯林怡種先生，得知我倆都沒有耀眼的學歷與顯赫的家世時，竟脫口說：「沒學歷，有學問」，這番話對林老總來說絕非言過其實。雖然他只高中畢業，但學識淵博、閱歷無數，又通過國家薦任官考試及格，寫過數百篇「社論」和近千篇「浯江夜話」，二十餘年前亦曾出版過《拾血蚶的少年》一書，他才是名符其實的「沒學歷，有學問」。而我這個不學無術的老年人，又有什麼學問可言，或許是宋博士在譏諷我吧！當時確實讓我感到十分的尷尬和汗顏。過後聆聽他誠懇的解釋，以及對我的作品所做的分析，始讓我慢慢地釋懷。但「有學問」這三個字，則教我難以承受、愧不敢當，更不會因宋博士的溢美，而洋洋得意、自我陶醉。然而，卻也因此而讓我有所領悟：生長在這個現實的社會，與其仰賴別人，不如靠自己；只要自己有信心、肯努力，必有收穫，沒有學歷又何妨！文學作品所散發出來的光芒，照樣可以照亮大地每一個黑暗的角落。甚至，可以讓沉淪的社會向上提昇，讓險惡的人心得到淨化，讓墮落的品格獲得啟發。而部分擁有高學歷，腦袋空空、成天沉迷於酒色財氣的社會人士，又能以什麼來奉獻給這片曾經被砲火蹂躪過的土地？又能以什麼來報答這個孕育他成長的島嶼？因而，我始終認為：一個善盡本分而沒有學歷的人，應當受到尊重和鼓勵；一條不務正業的社會寄生蟲，不僅可惡也可恥，必須受到譴責！

寒玉因膽結石而接受腹腔鏡膽囊切除術，自己戲謔是「無膽的女人」，然而，膽囊只不過是人體器官中的一小部分，「無膽」照樣能活，只要活著就有希望，其他的似乎不必太在意。在祝福她新書出版的同時，也冀望她多保重，有了健康的體魄，何須「向天借膽」，因為她早已儲存足夠的「膽量」，要不，怎能立足在這個既現實又勢利的社會？別忘了文學是她此生的最愛，在「相夫教子」之餘，要充分地發揮所長，為浯鄉這塊寶貴的文學園地而寫！為我們的子子孫孫而寫！為這個民風淳樸、景緻怡人的島嶼，再唱一曲悅耳動人的——西洪之歌！

原載二〇〇七年四月二十日《金門日報・浯江副刊》

風格與品味

——試論林怡種《天公疼戇人》

《天公疼戇人》是林怡種先生作品系列之一。

綜觀他收錄於書中的百餘篇文章，已不是單純的一般散文小品，書寫的觸角亦已深入到人性的探討、社會的觀察、生存的定義、善惡的分辨、是非的分明。大凡浯鄉的民情風俗、族群的融洽、人間的冷暖、政局的穩定、交通的亂象、政客的嘴臉、股市的漲跌；甚至，愛惜海洋、保護生態、望海生憂，藉古諷今，幾乎都在他的神筆下揮灑成章。而且，每篇均以小故事、大道理的文體來書寫，不僅見證社會的變遷，也同時揭櫫人性善良與醜陋的一面，部份篇章更可做為青年學子邁向人生大道的座右銘。

摒除上述，我們亦可從他的作品中，發覺到許多即將流失的鄉諺俗語，譬如：「錢銀有地賺，名聲無地買」，「嫁著做穡尪，三頓蹛灶坑」，「五兄扛一妹，要嫁無金箍也鳳冠」，「人佇中進士，伊佇捶死羊母頭」，「歹鐘累鼓，歹尪累某」，「一更窮，二更富，三更起大厝，四更賣袂赴」，「嘴闊食四方，肚大奇財王」，「食飽睏，圓滾滾」……等。甚且，也有以鄉諺俗語命題的，例如：〈天公疼戇人〉、〈四兩芫仔愛除〉、〈偷食著擦嘴〉、〈書讀佇胛脊〉、〈窮厝無窮路〉、〈一時風駛一時船〉、〈青暝毋驚槍〉、〈最牛踏無糞〉……等。這些寶貴的文化資產，如果不加以保存而任由它自生自滅或荒廢的話，的確是浯鄉之悲。因此，我們認為，林怡種這本書的出版，絕對有其流傳的普世價值，它不僅有現代文學的氣勢，亦融會了鄉諺俗語的文采，讓廣大讀者的心靈，更能貼近這塊土地，繼而地引起共鳴。

誠然，筆者不能針對書中的每一篇作品詳加分析，卻不難看到林怡種欲表達的意旨是什麼。他在書題作品〈天公疼戇人〉開宗明義地告訴讀者們說：「人世間很多事無法憑聰明才智去意料，冥冥之中有一股看不見的力量在主宰，沒有人天生是贏家，為人處事也不必太計較，因為天公有時嘛也疼戇人。」在〈不要把人看扁〉裡，他藉著先賢蔡復一的「一目觀天斗，孤跤跳龍門，麻臉滿天星，龜蓋朝天子」來嘲諷那些庸俗的人們。他毫不客氣地直言：「喜歡在門縫裡看人，把人看扁仍是一般人的通病，看順眼者棒上天，反之貶抑踐踏在地。天生我材必有用，人人頭頂一片天，千萬不要把人看扁。」在〈書讀佇胛脊〉他更提出：「如果書讀得越多，教育程度越高的人，只是為了更懂得如何掠奪名利與財富，無視於公平正義的存在，厚顏而無恥，笑罵由人，這樣的讀書人，充其量也只是一個讀聖賢書的賊而已。當然，絕大多數的人讀聖賢書，因而明是非、辨善惡，更擁有一顆悲天憫人的胸襟。然而環視今日社會，學歷愈高愈自命不凡，更加自私自利，拔一毛而利天下的事卻不為。」在〈瓜田李下〉他寫著：「這是一個開放的社會，任何矯情掩飾，最後終逃不過大眾的檢驗，因為天下只有傻瓜，才會將別人當傻瓜。」在〈相信自我〉裡，他說：「人生的旅途，我只相信自己，從不向命運低頭，然而，處在這個『窮算命，富燒香』的年代，或許算命和燒香也能帶給人們心靈上的一些慰藉，有其存在的價值。至於某些專門喜歡拉女生小手看相之徒，那是醉翁之意不在酒，荒誕復可笑，切莫輕信才好。」

倘若以文學的觀點來說，顯然地，收錄書中的百餘篇作品，可說篇篇都有其可讀性與感人處，即使筆者只摘錄其中的小片段來詮釋，不能以整本書的格局做論述，但依然能感受到作者精闢的見解和綿密的思維。如果作者對這個社會以及人性的善惡沒有長久的觀察和體悟，勢必難以領會它的現實和不堪，也不可能因此而塑造出自己獨特的書寫風格，讀者們更品嚐不到書中的精華，這似乎也是這本書最值得稱頌的地方。

《天公疼戇人》書中各篇，均為林怡種先生以「根本」為筆名，在《金門日報・浯江夜話》之專欄作品；如今，重新篩選分類，輯成數個獨立的單元，以一個全新的面貌，交由秀威資訊科技公司輯印成書，向兩岸三地以及海外擴大發行，讓讀者們共同來分享他那一篇篇鏗鏘有力、文采並茂、辭理可觀，富有啟發性的勵志小品。但願讀者們能細嚼慢嚥，好好品嚐，定能從其中悟出真理，獲得無窮的知識。仿佛看到的是一篇篇精彩感人的小故事，而裡面卻隱藏著能啟發人性的大道理，甚至亦可說是一則則規諫的醒世箴言。

早期從事散文創作的林怡種，他的作品已在國內文壇佔有一席之地，並於八十年代結集出版了《拾血蚶的少年》一書，曾經得到名作家丘秀芷女士和林文義先生以及眾多文友的讚賞。然而他卻自謙「才疏學淺」又無「傲人學歷」，但我還是十分認同美國哈佛大學「東亞語言與文明系」教授、宋怡明博士對他「沒學歷，有學問、有能力」的評語。倘使從他擔任《金門日報》編輯主任與總編輯期間，所書寫的各種文類來論斷的話，宋博士所下的定論，絕非言過其實。儘管這是一個高學歷掛帥的年代，但如果一位文學博士不能以作品來服人，又豈能與沒有傲人學歷而書寫過數百篇社論與方塊文章，甚至出版過散文集的林怡種相媲美。

假設作品必須與學歷劃上等號，我何德何能能在《天公疼戇人》這本書裡留下隻字片語。可是數年來我們早已把建立在文學上的互動，提升至無所不談的知交，並攜手同在浯鄉這塊文學聖地上耕耘。不管它將來能綻放出什麼花朵，願友誼之情、文學之心，常在我們的記憶中浮動。是祝福，也是互勉，不敢言序！

二〇〇七年初冬於金門新市里

省悟與感恩

——試論陳順德《永恆的生命》

《永恆的生命》是陳順德老師在從事教育工作之餘所孕育出來的第一本書。

這本書的可貴處，不在它篇幅的多寡，而是橫跨文學、文史與教育三個不同的領域，除了讓讀者欣賞到文學之美外，家鄉的歷史源流、金同廈的尋根探源、南洋紀行、知性之旅、教育興革，全在他的書寫範圍之內，可說是一本多元化的文集，相信讀者們閱後，必能從其中汲取寶貴的知識和經驗。

全書分二輯，第一輯為較感性的「生活隨筆」，第二輯是較嚴肅的「教育文集」，分別發表於《金門日報》「浯江副刊」與「言論廣場」。無論是散文小品或教育論述，均獲得廣大讀者的共鳴和迴響，它似乎也是充滿著自信的陳順德，有意把這些智慧的結晶，輯印成書的最大理由。一方面為回顧半世紀來的陳年往事，另一方面為知所省悟和感恩，三方面為自己的心路歷程留下值得紀念的篇章。從他書中所表達的意象，我們也不難看出他對文學的執著、對教改的堅持，以及告訴後代子孫先人蓽路藍縷的奮鬥精神。

眾所皆知，生活在炮火下的金門人，生命賤如蜉蟻，上一分鐘還活得好好的，下一分鐘可能生命不保。〈永難忘懷的夜晚〉作者想要詮釋的就是戰爭的無情，雖然一場免費的露天電影救了他一命，事隔半世紀的今天，回想當年炮火下的驚險畫面，則依然讓他膽顫心驚。如果沒有去看那場電影而待在家裡的話，勢必早已成為炮火下的冤魂。如今，兩岸關係已和緩，炮聲或許不會再在這個島嶼響起，島民期待的清平日子亦已來臨，當年「福大命大」的毛頭小子，此刻在文壇與教育界，都同時擁有一片屬於自己的天空，該感恩而不是怨嘆！

人的一生中，能相知相惜者，的確沒有幾人。在〈感謝生命中的恩人〉裡，陳順德懷念的是一位曾經在金門服役的杜先生。那年當他隻身負笈南台灣時，在舉目無親下，去投靠兄長的一位友人，而這位友人是以傳統的理髮業維生，家境並不寬裕，台灣又是一個極端現實的社會，而萬萬想不到，杜氏兄嫂竟然把他視為家人，並以一顆誠摯之心，熱忱來款待這位來自戰地金門的友人之弟，讓他順利完成台南師專的特師教育。誠然，人必須懂得感恩，但忘恩負義者大有人在，陳順德在時隔三十餘年後的今天，仍然念念不忘當年施予他恩惠的異鄉友人，的確備感可貴。此時，我們以「有情有義」來形容他，似乎並不為過。

作者說：「運動是廉價的保養品，自己要親身去體驗；登山卻是考驗毅力的時候，必須突破難關，戰勝自己的敵人，才能持續下去。」〈迎著晨曦登山去〉是一篇意境甚高的散文佳作，他告訴讀者的不僅僅是運動的好處，而是帶領著讀者一起去觀賞太武山上的晨曦美景。從火紅的太陽由海平面冉冉地昇起，到峽谷瀰漫著變幻無窮的雲海；從山頂上奇岩林立，到蒼勁的松樹豎立其中；從海印寺僧尼的誦經聲，到隨著木魚和鐘聲的梵唱；從「頑石點頭」的石刻，到「毋忘在莒」的勒石，並把沿途上的原生植物，一一向讀者們介紹，譬如：小葉赤楠、石斑木、凹葉柃木、海桐、山梨子、雀梅……等，彷彿把讀者帶到另一個美麗清新的境界，也同時在野外上了一堂自然課。

民國五十四年，九年義務教育在金門實驗，陳順德是金沙國中第一屆畢業生，〈走過求學的歲月裡〉正是他從自己的家鄉——碧山，經東珩、西吳、東蕭、東埔，遠到沙美求學的心路歷程。在公車尚未全面普及下，靠的是雙腳徒步上下學；雨天在沒有雨具可用下，頭上披的是麻袋摺成的克難雨衣；午餐是兩個饅頭加一碗免費的大骨湯。即使學校的設備欠缺，教學資源嚴重的不足，但同學們卻能夠在劣境中成長和茁壯。反觀現代的青少年，由於多數均生長在優渥的環境中，缺乏獨立自主的精神，倘若與爾時的陳順德相比，簡直是天壤之別。

儘管本文書寫的是一段較嚴峻的求學歷程，但其中卻融入了一些生動活潑的趣事，尤其是上下學途中，隨手摘取可吃的路旁野果，冬天的小葉黃鱔藤，更讓他們吃得滿嘴烏黑。三年國中生涯，在他們沿途捉蟋蟀、玩蟻獅、捕熊蟬的嬉戲中終於過去了，留在記憶深處的，卻是一串甜蜜的回憶。而今，作者把這段充滿著酸甜苦辣的陳年往事，透過筆端書寫出來，讓讀者有機會一起來分享他求學的過程。如果以現時代的觀點來說，它不僅只是一篇好散文，似乎也可以做為青年學子邁向成功人生的借鑑。

〈海濱遊蹤〉與〈漫步在海濱中〉均以沙白水清的許白灣海域為抒發對象。陳順德似乎對山與海情有獨鍾，晨間登山為鍛鍊身體，海濱漫步為陶冶性情，野生植物與自然生態更是他最關心的焦點。倘使沒有這方面的知識，勢必是叫不出它們的學名的。譬如海岸邊沙丘上，它長年生長的是馬鞍藤、待宵花和濱刺草；經常在沙灘上出沒的是黎明蟹、股窗蟹和俗稱「沙馬」的沙蟹。而這些海洋生物，在作者長久的觀察下，均一一地現出了牠的原貌。例如黎明蟹的潛沙功夫，股窗蟹排列的沙丸，沙蟹飛快的腳步，找到花蛤的排氣孔和排泄物，便可讓牠的蹤影現形等等，讓讀者對這些海洋生態，多了一番瞭解。可是，我們的海洋正逐漸地隨著生態環境而變化，整個海岸線已遭受對岸漂流而來的廢棄物污染，棲息的魚群與潮間帶的貝類也日漸減少，如果不早日研商對策，海洋資源總有枯竭的一天，屆時，將是人類的不幸。

〈高粱成熟時〉、〈採芝麻〉與〈安脯糊的故事〉都是與農家有關的作品。陳順德出生於東半島一個貧困的小農村，歷經過艱辛苦楚的農耕歲月，從犁田、播種、鋤草、施肥到收成，幾乎樣樣經歷過。因此，當他的筆觸延伸到這塊區域時，融入文中的，均是他自身的感受，讓讀者閱後有身歷其境的親切感。然而，看似通俗的題材，作者所欲表達的，卻並非只是它的表面，而是深入它內在世界的探討。無論是高粱或芝麻，一粒種籽從萌芽、成長到收成，不知要花費農人多少心血。尤其島上多數為旱田，必須仰賴老天爺普降甘霖來滋潤，否則，一定會枯死。而貧瘠的土地，在堆肥不足的情況下，必須以硫酸亞做為肥料，這種化學物品卻容易造成土壤的酸性作用，後續種植的農作物，將形同得了侏儒症，妄想會有好收成。

陳順德告訴我們說：爾時收割高粱，必須連稈帶穗割下約三尺，然後捆綁挑回家，並視自己的力氣緊握一把，在院子的牆壁上猛打，直到它的顆粒完全脫落為止，並利用風力來去蕪存菁。而採芝麻必須連根拔起，挑回家排列在曬穀場，經過陽光多日的曝曬，當莢果自然地裂開時，芝麻便散落一地，復用篩子去蕪存菁，這就是採收芝麻的過程。平心而論，如果沒有實際上的農耕經驗，勢必寫不出讓人印象那麼深刻的好文章。

在〈安脯糊的故事〉裡，陳順德直截了當地說：「年輕的不認同過去的生活方式，年長的只有感慨時代的變遷。」短短的兩句話，道出老一輩的心聲，然而，這是時代的趨勢，我們又怨得了誰呢？該文雖然只千餘字，但卻把安脯糊的故事詮釋得淋漓盡致。從蕃薯與島民唇齒相依的關係，到蕃薯的栽植；從蕃薯剉碎、淘洗、沉澱而成的安茨粉，到用銅剉剉成曬乾的安茨籤；從一片片扭曲變形的安脯，到用牛拉動石磨輾壓成顆粒帶粉狀的安脯糊；從水開後再把安脯糊慢慢撒下去，到用鱟勺舀開水攪和直到均勻為止。當安脯粒熟透後，於是，一鍋散發著蕃薯香的安脯糊糜，就是爾時島民賴以維生的主食。讀者們都清楚，如果不是陳順德親身的經歷，焉能為我們做那麼詳細的經驗傳承。

碧山座落於本島的東北角，雖然是一個古樸的小農村，但卻交融著三種不同的文化——閩南文化、僑鄉文化和戰地文化，把小小的村落塑造成一個不一樣的面貌，見證它豐沛的人文歷史，睿友學校更登入縣定古蹟。其他如陳氏大宗祠和小宗祠、昭靈宮、陳德幸洋樓，陳清吉洋樓、一落四櫸頭古厝、百年黃連木和雞蛋花更列入碧山八大傳奇。在本書中，陳順德以較大的篇幅，來描述自己的家鄉——碧山，似乎無不妥之處。因為他自小在這個村落成長，早已和它衍生出一份血濃於水的情感，如今他把內心誠摯的感受書寫出來與讀者們共享，讓讀者們對這個純樸的小農村多一番瞭解。

三篇攸關於家鄉的作品，它們分別是〈我的家鄉是碧山〉、〈睿友學校話當年〉、〈碧山的歷史源流〉等。雖然早年的譜牒已湮沒，先民開拓史無從查考，但陳順德依然四處蒐集資料，並從耆老口中得知一二，復詳加整理，把碧山的歷史淵源，做概略性的敘述，讓後代子孫知道自己的先祖從何處遷徙而來，以及陳氏「穎川衍派」之堂號、「平章事給事中」之燈號，和「德存仕國、汝必文廣、體夏甫乾、堯舜禹啟、聰明睿智、禮樂射御、修誠齊家、永敦倫常、奮勵精勤、奕世興隆」之輩序。其用心之良苦，可見一斑。

即使碧山有洋樓、有古厝、有百年黃連木和雞蛋花，亦有不少擔任公職或教職的知名人士，譬如：曾任金門縣政府財糧科長、福建省政府組長的陳榮泰先生；曾任金門縣政府文教科長、高雄高商校長、金酒副總經理的陳榮華先生；曾任金門縣政府文教科長、現任教育部督學的陳昆仁先生；現任國立金門技術學院觀光系主任的陳建民博士……等，均為碧山子弟。但因屬於交通不便的偏遠地區，平日鮮少有外賓或媒體蒞村探訪，亦未受到政府官員應有的重視。直到二〇〇二年十二月，始由文建會指導，金門縣政府協辦，國立金門技術學院觀光系主辦「碧山的呼喚」系列活動，方讓這個不起眼的村落重新定位，並受到應有的重視。筆者並於活動當日，書寫〈阮的家鄉是碧山〉——「咱的故鄉咱的詩」一首，刊載於《金門日報・浯江副刊》共襄盛舉，相信這首詩也是對碧山最好的詮釋。該詩並由「金門縣宗族文化研究協會」轉載，刊登於《金門宗族文化》創刊號，於建縣九十周年慶暨世界金門日活動期間，廣為發行，讓海內外鄉親，對碧山多一份認識和瞭解。

〈愛與祝福〉是陳順德參加慈濟功德會歲末活動的感想，「口說好話，心想好意，身行好事」是該次活動的主題。雖然作者忙於教學，亦有忙不完的日常瑣事，但對於一些有意義的活動，他必撥冗參加，似乎也試圖從這些活動中，吸收一些課外的新知識，好在課堂裡誘導學生把握當下、珍惜生命、感恩惜福、潔身自愛，行孝與行善莫遲疑，並自我修行來提昇心靈的內涵，讓生命的光芒發揮到極致！而在

〈閱讀是教育的靈魂〉一文裡，作者說：人生要涉獵的知識是無窮盡的，呼籲要鼓勵學生分享閱讀的經驗，養成學生閱讀與探索的樂趣，把校園營造成一個處處充滿著讀書聲的閱讀環境，讓孩子在快樂的閱讀中，找到未來的夢想和希望！

〈南洋紀行〉、〈台北知性之旅〉、〈九寨溝八日遊〉、〈金同廈尋根探源之旅〉等四篇均為旅遊札記。坦白說，旅遊散文要寫得好並不容易，它最忌諱的是以記流水帳的方式來書寫。無論何種文類，倘若不能寫出內心誠摯的感受，用再美的文字來堆疊，也難以引起讀者的共鳴，更別冀望能達到它應有的效果。而陳順德似乎能抓住遊記的書寫要領，以另一種方式來呈現，譬如說，他在〈九寨溝八日遊〉裡，用「出發」、「成都懷古」、「天然奇觀」、「人間仙境」、「天府之國」、「道教聖地」、「萬石山公園」、「鼓浪嶼風光」等七個小標題，來抒發內心怡然的情境和自身的感受，猶如導遊般、帶領著遊客進入到每一個景緻悅人的勝地，一起享受旅遊時的愜意和快感，完全跳脫傳統寫法的框架。誠然，各人的解讀有所不同，但一篇遊記如果不能抓住重點、吃喝拉撒都要記上一筆的話，勢必會失去旅遊散文的原始價值；同樣地，倘使蒐集幾份景點簡介或摺頁，回家再照抄或改寫來矇騙讀者，又有什麼意義可言？因此，我們敢於如此說，陳順德的旅遊札記，除了文字簡潔、內容扎實外，幾乎和他的其他作品一樣，篇篇都是可讀性甚高的作品。

第二輯書寫和探討的，幾乎都是較嚴肅的教育問題。

「教育」顧名思義是培植人材，訓練技能，以能適合於國家建設、社會發展與世界進化的一種事業。然而，即使陳順德從事教育工作已三十餘年，足跡遍及台南、澎湖與大小金門，歷經過導師、教學組長、訓導主任、教務主任、教育部創新教學輔導員、金門縣政府教育局課程督學等職務，並取得儲備校長資格，以他實際的經驗來替地區教育把脈或進言，似乎更具說服力。誠然，筆者在文學這個區塊，是一個不折不扣的老園丁，當陳順德這本新書即將問世時，理應可以大放厥詞、胡扯一番。但是，隔行如隔山，一個不學無術的老年人，豈能厚顏無恥、自不量力來談教育。因此，攸關這一部分的論點，請容我把它跳過去，不在試論範圍之內，一切留待方家來詮釋吧！

總的說來，《永恆的生命》無論書寫的是文學或教育，自有其存在的歷史價值。畢竟，這些文章都是陳順德利用公餘書寫出來的智慧結晶，我們只有鼓勵而沒有否定的理由。放眼當今社會，擁有高學歷的公職人員比比皆是，而又有幾位能真正用心來記錄這座小島上的點點滴滴或生活軼事呢？即使每個人的價值觀不同，對文學和教育的認知亦有所差異，然而，無論記錄的是何種文類，只要能書寫成章，必有其可取之處，這是多數現代人所疏於分析的。但願陳順德這本書的出版，能帶動一股強而有力的書寫風潮，為浯鄉這塊歷經砲火蹂躪過的土地，留下一些值得紀念的篇章！

原載二〇〇八年二月十五日《金門日報．浯江副刊》

永不矯揉造作的筆耕者

──試論寒玉《女人話題》

繼《心情點播站》後，在短短的幾個月內，寒玉小姐又要出第二本書了。書，雖然只是文字與文字的堆疊，但對於一位沒有顯赫學歷的作家來說，卻是淚水與汗水所凝結而成的。即使文中不是字字珠璣，各人對文學的認知與解讀亦有所不同，而又有誰能真正瞭解到一位筆耕者艱辛苦楚的創作過程，以及所付出的那份痛苦代價？當寒玉把《女人話題》呈現在讀者面前時，或許，除了她自己最清楚外，相信讀者亦能從這本十餘萬言的散文集中，取得一個明確的答案。

《女人話題》分二輯，輯一的十四篇散文，最早的一篇是〈少女的心思〉寫於一九八八年，最後一篇是〈一見鍾情良緣定〉寫於一九九二年，兩篇均發表於「正氣副刊」，迄今已有十餘年的歷史，也可說是她少女邁向少婦時期的作品。然而婚後的寒玉，為了背負相夫教子的重責大任，停筆達十年之久（一九九六至二〇〇六年）。輯二的十二篇作品，從〈烈嶼阿伯〉到〈女人悄悄話〉均為二〇〇七年刊載於「浯江副刊」與「金門文藝」的新作，也是她邁入中年擁有二對兒女時期的作品。她新舊交錯，做如此的歸類成書，或許是想讓讀者知道，她從事文學創作時的那段艱辛苦楚的成長過程吧！

不可否認地，散文講求的是語言的優美，以及兼具知識性和可讀性，倘若以文學的觀點來說，顯然地，寒玉前後期的作品的確有很大的差異。即使少女時期的作品有其純真與清新之處，但後期的作品已完全改變寫作方式，樹立自己的書寫風格，讓作品更具深度和廣度，也同時把她的文學生命，提昇到一個更高的層次，讓人刮目相看。然而，儘管數年來的辛勞已獲取應得的果實，相對地，她所流的血汗、所付出的代價，不知要勝過學院派出身的作家多少倍，這是毋庸置疑的事實。同為失學的人，方能體會出如此的心境，才懂得珍惜那份得來不易的成果，相信寒玉會同意我的觀點的！

從輯一的十四篇作品中，除了〈風采獨樹寫古屋〉、〈千里迢迢來相會〉外，其他十二篇，無論故事或情景，都具備小說的架構，但寒玉卻獨鍾散文，沒有把它書寫成小說，殊為可惜。但從另一方面來看，卻又讓我們欣賞到她散文語言中的美感，譬如在〈討海人〉裡，她寫著：「老式建築，引人思古幽情，紅磚牆上，鑲著小小的窗子，整間屋宇，別有一番情調；由窗凝望，窗外天空一片無垠的藍，浮著白雲，遂成了素雅的底景。不遠處，有山、有海，山高深而奧妙，海上浪花則起伏有致，在山之麓、海之濱、河之堤，常有他們走過的足跡，在小天地流淌、傾瀉，手足之情愈深愈濃。」在〈戀在鄉野〉裡：「微微的風，掠過原野，搖動枝幹，枝葉互相激盪，發出聲響。嚶嚶鳥鳴，緩緩成韻，吹奏在樹梢耳底，而成群的鳥鳴，串串柔語，蘊含著柔和的甜蜜，牠們展其歌喉，自在地，於廣闊的天空中飛翔，累了，即棲息在枝梢。」在〈心結〉裡：「山徑疊著幾層蒼翠，海面亦遼闊無涯，鳥兒以燦耀的翅膀，穿梭著美麗明快的節奏，翺翔在天際，閃著祥和與活力，飛翔著美麗的夢，投入了起伏且略帶韻律的天地……。柔柔的月，灑下了如銀的光，幾顆星星，閃著鑽石般晶瑩，月光粼粼，一層白光，皎潔明亮。」類似如此感性而深具內涵的描述，在輯一的篇章中，幾乎都可以見到。倘若作者不用心去觀察、去體會，勢必寫不出那種樸素而自然的情景，更難以讓讀者感受到那份真、那份美！

然而，除了語言的優美外，在輯一的作品中，我們亦可發覺到一些含有啟發性的箴言。例如在〈千情萬緒〉裡，就有如此的美妙佳句：其一、「人生於世，有著春風得意的坦途，亦有坎坷難行的險路，失意時尤須下一番功夫、細密思考、不斷學習，方能逐漸克服自己的缺失。」其二、「成功有成功的道理，失敗有失敗的原因，無意間而觸犯的過失，足可讓人毀於一旦。發生這種事情後，後悔、心有不甘，埋怨和嗟嘆在所難免。所謂萬丈高樓平地起，不怠惰，則憂煩疑慮盡失，可以再站起來。」其三、「有希望，竭力追求理想，自然美好，但絕不是將理想和希望託付在藐遠的構念裡，否則，就算運氣好，真能僥倖實現，也不過曇花一現，來匆匆、去也匆匆。」其四、「朋友是建立在互信、互助的情感下之友誼，所謂患難見真情，在苦難中相助，沒有怨言與目的，才是朋友間情感的流露與寫照。」倘若以高標準的文學眼光來看，這些文章的描寫，似乎盡是一些稀鬆平常的事。但如果仔細地閱讀和領悟，卻不難從其中獲得許多隱含著哲理的警句。因此，我們肯定作者書寫時的用心，即使只是一篇散文，卻不是一堆空洞的文字遊戲。

眾所皆知，「韻」是說話每一個音節收尾部分的聲音，我們在古詩詞或閩南語詩中經常可讀到，但在其他文類則不多見。然而，當我們進入到寒玉的散文世界裡，在某些情節中，卻也有讓人讀來心曠神怡的韻味。譬如在〈一見鍾情良緣定〉裡：一、「接踵的哀愁，欲訴無憑，誰聆聽？心海深處的嘆息，悲懣苦澀增哀吟。」二、「心吶喊，世途艱，憂愁災難添辛酸。」三、「憂愁災難，受創折磨，不知歡樂是什麼？」四、「繽紛笑語浸心窩，只是聚少離多，痛楚難受一人過。」五、「又是思緒縷縷，尋找快樂棲身所，豈知折磨這般多？」在〈風雲變幻一夕間〉則有：一、「淒涼語調滿心間，說得我淚漣漣，點頭應允隨身邊，做牛做馬亦甘願。」二、「氣難消，良心被狗咬，想來就煩惱！」三、「空中抓錢，不勞而獲，以後日子好過。」四、「鼾聲裡、睡夢中，人事交纏一場空！」在〈風采獨樹寫古屋〉：「送前程，感觸良多！望來路，無限寂寞！」在〈千里迢迢來相會〉：「軍官親按無著落，它已故障沒能撥，擔憂返家遭數落，急來急去急死我！」這些含有韻味的佳句，除了古詩詞或閩南語詩外，或許，只有在寒玉的作品中方能見得到。不管讀者們做何解讀，至少它是寒玉獨特的書寫風格，相信喜歡寒玉作品的讀者，必然會接受她這種別具一格的創作方式。

輯二的十二篇散文，全是寒玉二〇〇七年的新作。當讀者們讀完她這些新作時，勢必可以清楚地發現，她已完全跳脫舊有的框架，以一種全新的書寫方式來呈現，那便是——寫實！

不可否認地，文學作品必須以情來動人，也惟有自己最熟悉、最瞭解的東西，方能寫得通俗易懂和感人。一篇好的散文，它欲表達的意象往往都是作者本人所見、所聞、所思或所感獲取而來的。無論寫人、寫事、寫物或寫景，它所追求的並非是完整的故事性，而是捕捉它的側影和片斷，以及作者主觀的感受。然而，當筆者讀完寒玉的〈烈嶼阿伯〉，卻感到有點訝異，因為它除了有一個完整的故事外，無論情節的進展，人物的刻劃和結構，都已構成小說的主要元素，而且還是一篇超越水準的好小說。當然，這是筆者主觀的看法和認定，作者把它歸類為散文，自有她的理由。

〈烈嶼阿伯〉文中的主人翁林天守先生，據說確有其人，而且還是作者的父親；故事也確有其事，那是林天守坎坷的一生和奮鬥過程，難怪寫來那麼親切感人。該文不僅有濃厚的鄉土色彩，更把金門的民情風俗和傳統糕點融入其中，譬如：油食粿、麻花炸、寸棗糖、口酥、米香、糲粩、土仁糖、粿粿、紅圓、紅龜粿等，甚至還有女人的胭脂和粿粉。尤其是林天守往生時的描寫，更為感人：「喘息聲忽高忽低，他全身無力地躺在大廳龍邊處的一個角落，斷了最後一口氣，四塊木板迅速地抽掉一塊，他的身上裡外共穿十一層壽衣，金黃色的蓮花被覆蓋於身！人生百歲，終須一別……。」大凡一個有血性的人，看到如此的情景，想不掉淚也難啊！想必作者是含淚寫完這篇作品的。身為寒玉小姐忠實讀者的鄉親們，且陪她同聲低吟那首墾荒之歌吧：「我們過一江水，有路無厝，佛爭一炷香，人爭一口氣，只許成功，不許失敗，失敗了，沒顏面回頭！」該文曾榮獲第四屆浯島文學獎散文類佳作獎，如依小說類參加人數和水準而言，一旦參加該組，或許會有更好的成績。

〈浯島撿拾錄〉和〈下坑撿拾錄〉均為相同的書寫方式，其文體各由五個小標題匯集而成，它也是作者拋棄少女時期的生澀模式，以寫實手法展現文采的開始。

從「追車的人」到「粽葉飄香」，每一個片斷，幾乎都是作者所見所聞或親身歷經過的日常瑣事。她細心觀察、詳加領會，用心記錄週遭所發生過的大小事端，並透過自己輕巧的筆觸，把真實的一面呈現給讀者。在「向神明借錢」那個單元裡，大人因手氣不好，擲不到向神明借錢的聖杯，反而由小孩子亂丟而擲到，並分別借到一萬、兩萬和三萬，而作者卻以「神明也真幽默，不借大人借小孩，那筆錢明年也是大人還呀！」一方面消遣神明，另一方面諷刺這個社會。雖然只短短的幾句內心話，卻讓人有神來之筆之感。

一位長年熱衷於文學的筆耕者，倘使能把自己多年來的心血結晶集結出書，而當第一本書呈現在自己面前、捧在自己的手上時，其興奮的程度的確是不言而喻。寒玉的第一本書《心情點播站》，筆者有幸蒙受她的信任，略施一份綿薄心力，也因此當新書問世時得以先睹為快。〈書懷〉寫的就是她出版第一本書的過程，但也穿插著許多回顧以及和友人的對話。文中有興奮、有感傷亦有安慰。興奮的是她已從「坐家」擠進「作家」的行列，感傷的是「西洪毀我幸福，坪林毀我健康。」安慰的是「書懷，這文學之路，我曾走過！作者的後盾就是讀者，我寫自己也寫別人，許多願意將經歷告訴我的讀者，他們成了我最好的寫作題材！」綜觀整篇作品，文中的每一個字句，彷彿都是作者誠摯的心聲，溶解在裡面的，盡是無數的友誼馨香和祝福。《心情點播站》的出版，更把她的文學生命，提昇到另一個不同的層次，但願寒玉能珍惜這份得來不易的成果，奮力向文學的最高境界邁進，以免辜負讀者們對她的期望！

〈生活偶拾〉與〈多吃也沒一口〉均為較平實的裁體，題材也取自作者較熟悉的週遭。無論是陪女兒參加游泳訓練的「游泳篇」，或是作者親身去「護膚大體驗」，我們不得不佩服作者的觀察力。

誠然，愛美是女人的天性，每個人對美的認定亦有所不同，但構成美的要件卻很多，並非穿名貴服飾，戴金銀珠寶，打扮得花枝招展就叫美。真正的美，除了要有亮麗的外表和高雅的氣質外，如果少了內在的涵養，似乎也構成不了美。試想，倘若一件名貴的服飾穿在一個潑婦身上，是否構成得了美？一條廉價的淑女褲搭配一件舊襯衫，穿在一位長髮披肩、曲線分明的女士身上，則依然能突顯出她高雅的氣質和美感。因為是人穿衣，而不是衣穿人！

人，勢必會隨著歲月而蒼老，但卻擺脫不了愛美的天性，無論男男女女都有這種通病。雖然我們不能否定護膚和美容保養品對人體的功效，但似乎也不必刻意地去追求和嘗試。即使它們能暫時遮掩人們的老態，然則不能讓那顆歷經滄桑的心年輕，因此，我始終認為自然就是美。

當讀者們進入到寒玉的〈心情故事〉時，首先讓我們感受到的是她那顆悲天憫人之心。她關心這個逐漸沉淪的社會，關心賣早點的夫婦，關心擺攤的攤販，譴責那些自私自利的人。在「解讀」一文裡，對那些曲解原意、錯誤解讀而對號入座的三姑六婆，更是撻伐有加。

坦白說，一個作家的偉大處，正因為不畏懼強權、不受利誘，誠如作者所言：「當自己的主人，寫該寫的事物，世界之大、題材之多，綁不了作者的手！」然而，正當我們為她所受到的委屈感到不平時，馬上又必須進入到她沉悶的「心情」裡。從「戀愛」、「分手」到「情殤」，每一則彷彿都隱含著一個不欲人知的故事在裡面，難道是作者內心的獨白？還是睡夢中的囈語？抑或是友人內心的感觸？這種書寫情境，在作者其他篇章中並不多見。

在「父與女」裡，作者數落的是一位受過高等教育的友人之女，由此我們可以看出，寫實的作者堅持的是對與錯、是與非，即使與這位友人相當熟稔亦常有互動，但依然不為她留情面，從該文可以看出，她批評的雖然是友人之女，相對地，也譏諷友人家教的失敗。敢說、敢寫，替自己的文章負責，或許是每一位作者責無旁貸的，但多數人還是以和為貴，不願輕率地得罪人，像寒玉這種不矯揉造作，敢說、敢寫、敢訓人的作家，在文壇上畢竟是少數。

〈女人話題〉是該書的書題作品，共有二十八則。同樣地，雖然取材自週遭的人、事、物，但每寫完一則，作者卻自告奮勇，加了一段「寒玉的話」，是否試圖為文中的人物指點迷津？還是擅自為該文下註腳？抑或是寒玉散文創作的新風格？無論她基於什麼，勇於嘗試或求新求變，似乎是一個作家成長的最主要元素。況且，作者正值壯年，能有勇氣來嘗試各種文本的書寫方法，而且還獲得讀者們的肯定和讚賞，確實備感可貴。

誠然，筆者並不能針對文中的二十八則話題，一一加以分析和比較，然當我們看到話題之九，作者書寫一位得了「子宮頸癌」而情緒低落的女子時，經過她在文中的一番鼓勵，或許能達到意想不到的效果。讀者們請看寒玉的話：「年輕女子，我的年齡和妳相近，數年來，每當醫生宣佈我有任何病症時，無論診斷真偽，我也很難過，但靠的是意志力在過日子。想想妳的家人，他們不願意妳就這樣離開，加油，努力下去，走到人生的終站，別再做傻事了！」適時散發愛心、提出鼓勵，倘若能讓病患早日恢復健康，也是功德一件。相信「寒玉的話」，必能發揮應有的效果。

讓作者耿耿於懷的是話題之二十六，她原本出於一番善意，書寫一對老榮民夫婦的鰜鰈情深，並在寒玉的話寫上：「攜手共度人生，祝你們白頭偕老！」的祝福之詞。而萬萬想不到文中的某一句話，卻引起老榮民夫婦的不滿和誤解，而登門質問。然而，寒玉並未因此而退縮，依然揮舞著她那枝不向現實環境低頭的春秋之筆，寫她眼所見、耳所聞、心所感的各類文本，為這個紛紛擾擾的社會做見證。

「窮算命、富燒香」似乎是一般人的通病。即使作者沒有萬貫家財，但她卻忘了「貧者因書而富，富者因書而貴」這句名言。因為，她不僅擁有自己出版的書，家中藏書也無數，無論「富」與「貴」都同時兼備，竟然還想不開花錢去卜卦。

誠然，在紀元前即有陰陽五行的思想，且有將宇宙以金、木、水、火、土和陰陽來加以說明的哲學，因此我們不能否定它存在的價值。但是，大師為她占的卦，除了「新婦仔命」、「鐵帚命」、「刀剮命」外，竟然還加了一個「紅杏出牆命」，讓她啼笑皆非。

寒玉向來給人的印象是冷艷又高傲，據側面瞭解，她交遊不廣，亦很少在公開場合露面。出門無論探親、訪友或購物，均由先生陪伴，夫婦倆可說形影不離，甚至有模範夫妻之稱。而萬萬想不到，大師為她卜的卦，竟會落差那麼大，難道是時辰未到？果真如此的話，那她既然是「新婦仔命」，為什麼從小沒送人做養女？而「鐵帚命」、「刀剮命」會剋父，她的父親卻活了六十八歲，後雖因罹癌過世，然卻是兒孫滿堂，福壽全歸。若依現代人的壽命來說，雖然稱不上高壽，但如果真會剋父，她的父親焉能在人間遊戲二百多個春夏秋冬？儘管作者筆下的〈紅杏出牆〉讀來輕鬆有趣，但也是對現時社會「窮算命、富燒香」的一種諷刺。

〈路邊的人物〉由三十則短文組合而成，它也是作者從路邊人物身上獲得的靈感。就誠如作者所言：「為文者，走到哪、看到哪、寫到哪，有些路邊小人物，看來雖不起眼，因為靠自己努力，而擁有一片天，怎不教人肅然起敬！而有些滿口仁義道德，卻躲在陰暗角落，興風作浪、暗箭傷人，此等人渣，相較之下，豈不汗顏？」

在這些短文中，幾乎每一則都能見到隱含著哲理的醒世箴言。作者談誠信、談謠傳、談承擔、談人格、談頭銜、談知足、談本性、談當官、談商家、談隱私、談義女、談口水、談模範、談家暴、談好小孩、談媽媽經、談調情高手、談婆媳不睦……，幾乎路邊人物的路邊事，全被她看完了、也談完了，但似乎還未寫完，因為路邊經常有新人物出現，或許寒玉正在細心觀察、詳加領會，不久勢必會有更精采的路邊軼事呈現在讀者面前。當我們讀完〈路邊的人物〉後，不得不佩服作者的觀察力和聯想力，如果沒有用心觀察再透過想像，而後一點一滴地記錄下來，那會有路邊人和路邊事的衍生。

〈女人悄悄話〉是作者對現實人生的一種批判，書寫的模式與〈女人話題〉類似，她始終相信，男女間除了愛情外，尚有友情的存在。其中看似是二個單元，倘若仔細地閱讀，則可以發覺它們之間絕對有密切的關聯性，甚至是一篇很好的小說題材。但是，作者復出以來所書寫的作品，幾乎都是散文，似乎與十餘年前所奠定的小說基礎逐漸地疏離。不能讀到她那流露真情、獨樹一格的小說，的確讓讀者們相當的遺憾。

當然，我們也不能低估散文的可讀性，以及其應有的文學價值。從作者心中流露出來的那份自然的美感，當它轉換成文字時，更是讀者想欣賞、想閱讀的作品。因此，不僅僅是女性讀者想看〈女人悄悄話〉，相信寒玉廣大的男性讀者群，也會爭相來閱讀的。不管這篇作品的後段是她觀察所得，還是友人提供的資料，或者是她內心誠摯的獨白，隱藏在字裡行間的，似乎有一股令人難於臆測的濃情蜜意存在著。但願她心中美美的世界，不是曇花一現，而是長長久久！

綜上以觀，《女人話題》這本書，雖然是寒玉兩個不同時期的作品，然則各有其可取之處，復出後的作品，更具有一股強烈的爆發力，但也因為她不矯揉造作，既敢說又敢寫，部分作品受到爭議和誤解在所難免。然而，她的寫實風格則必須受到應有的鼓勵和尊重，別忘了寫是一個作家必須善盡的社會責任，只要不指名道姓作人身攻擊，或無謂的漫罵和批評，讀者應該給予作家一個更大的創作空間，讓他們用筆來歌頌人間的真善美，也同時揭穿社會的醜陋和黑暗面。況且，世間雷同的事件多如鳳毛麟角，讀者務以坦然之心、怡悅之情來欣賞文學之美，沒有對號入座的必要。因為文學是超越一切的，一位有格調又堅持理想的筆耕者，絕不會受到外來勢力的影響而停筆！但願《女人話題》的出版，能讓寒玉的文學生命，邁向更高的境界！

原載二〇〇八年二月一日《金門日報・浯江副刊》

藝術心、文學情
——試論洪明燦《藝海騰波》

《藝海騰波》是洪明燦老師繼《藝動的心》與《華枝春滿》後的第三本書。收錄於書中的廿六篇作品，雖然都是洪明燦老師從事藝術創作之餘的副產品，但若以文學的觀點來看，顯然地，書中除了〈碉堡物語〉與〈荒屋〉系列為新詩外，其他廿四篇作品，幾乎都是可讀性甚高的散文佳作。相較於《藝動的心》與《華枝春滿》二書，它所觸及的層面更廣泛，筆端除了流露出真情外，內容也更加地扎實。無論是隨筆或心靈上的感觸，還是藝術的賞析和品評，都有其獨到的見解，讓作品更具深度和廣度，甚至，還多了一份感性。

已故文學大師梁實秋先生曾經指出：「散文的美，不在乎你能寫出多少旁徵博引的故事穿插，亦不在多少典麗的詞句，而在能把心中的情緒，乾乾淨淨直截了當地表現出來。」《藝海騰波》這本書的可貴處，正因為作者能把握住散文書寫的要領，把內心欲表達的意象，透過綿密的思維，誠摯地展現在讀者面前，讓讀者們讀後感同身受。誠然，文學的書寫方式各有不同，讀者欣賞的角度亦有所差異，但無論是作者或讀者，如果能把眼所見、心所感，誠實地訴諸於文字，以它來傳達感情，那便是可貴的。相信《藝海騰波》這本書不僅禁得起考驗，亦有其存在的普世價值。

從書中的目錄來看，作者是以書寫的時間依次做編排，為了便於分析起見，筆者曾試圖把相同的文類歸納在一起，區分成幾個獨立的單元來討論，但似乎與作者編排的原意有些微的出入。因此，就採取折衷的方式，把性質較接近的歸納在一起，其他的則個別來為讀者們做詮釋。

〈墨海騰波〉書寫的是旅居新加坡書法家薛振傳先生返鄉個展的感想。作者首先即以薛先生懸掛於文化局展示走廊的一幅行草體中堂：「少小離家老大回，鄉音無改鬢毛衰。兒童相見不相識，笑問客從何處來？」（詩人賀知章「回鄉偶書」）的作品，來描述薛先生返鄉個展的心情。

從內文中顯示，薛先生七歲隨同家人赴星，歷經數十個春夏和秋冬，當他重回這塊土地時，已近耳順之年，因此，金門對他來說是陌生的。但為了達成心願，不惜飄洋過海，千里迢迢地將其書法作品，帶回母島與鄉人分享；並將從其展出的作品中，挑選五十幅，贈予珠山社區發展協會永久陳列珍藏。即使洪明燦老師與薛先生素昧平生，然當他從友人處得知詳情後，卻深受他熱愛鄉土的情懷所感動，始有這篇「展後記」的誕生。儘管洪明燦老師的書法水準已達到一個意境甚高的境界，然而對於薛先生展出的七十餘件作品，仍然用心地去觀賞，並以藝術同好的角色，適時地提出他中肯的看法：

仔細琢磨他那帖意十足的作品，在飄逸的字裡行間仍舊可以見到篆、隸、漢簡的痕跡，若不是先有這層功夫，如何能揮就這般引人入勝的行草書體？

他能在4×2尺全開的宣紙上，寫著喜愛的唐詩和宋詞，這當中有墨瀋淋漓，水氣縱橫者；有惜墨如金，牽絲自然者；但總能順著書寫當下的那份心情，讓筆墨在風馳電掣的那一刻，鋪成出一件件佳構，呈現出作者心中對書法那份靈、雅、美的要求。

洪明燦老師簡短而中肯的評析，可說是薛振傳先生書法作品最好的詮釋。但是，並非每位書法家都能把內心的感受，用那麼華麗而高超的文字來表達。往往我們聽到或看到的，都是口頭上的評論較多，鮮少見到以那麼嚴謹的態度，用那麼感性的文體，來為書法個展做完美的解說。因而，我們不得不佩服洪明燦老師的藝術造詣與文學功力。

〈老街話畫〉是一篇較輕鬆的作品。書寫了一段赴台南訪友的過程，實際上最終目的是走訪友人的老家——鹽水鎮，因為那裡不僅有「巴洛克」式的建築，更有一條自清代流傳至今的「橋南老街」。

且看，作者是如何帶領我們進入鹽水鎮的：

車過台南小東路，只見路旁伸枝展臂的鳳凰木，已開始舞動著它那一身艷紅的花朵，兩道明麗耀眼的花影就在急速駛過的車子中向後飛去。我們即是在鳳凰花的一路相隨之下離開台南市，又在滿眼的翠綠裡經七股、佳里、學甲而至鹽水的。

作者以鳳凰花的嫣紅和翠綠的葉脈，加上優美的文詞，用短短的百餘字來描述這段少說也有數十公里的路程。我們看到的，並非只是一條光禿禿且沒有美感的柏油路，而是一段充滿著詩情畫意的路途。如果沒有敏銳的觀察和綿密的思維，勢必難以寫出那麼活潑感性的佳句。

有著兩百年歷史的打鐵店是橋南老街最大的特色，「木造的門窗，門板已因客人長年的觸摸而呈現出凹凸平滑的色澤。漆黑的屋內，擺放著各式各樣的打鐵設備，打鐵座、鐵鎚、鐵夾、風櫃、水盆、焦煤、磨刀石……。」作者又活生生地把逐漸式微的打鐵店呈現在我們的面前，讓我們很快地進入兒時的時光隧道，想起童時，看那打著赤膊的「打鐵師」，他們左手拿著火鉗，夾住燒紅的鐵板，然後放在鐵座上，右手緊握鐵鎚，每當鎚下後，左手就快速地一翻，除了發出刺耳的鏗鏘聲外，火花射在他們身上，似乎也不覺得痛。其熟練的動作和勇氣，的確讓孩子們看得目瞪口呆。看完這個段落，或許會勾起許多人對童年的回憶。

〈隨花起舞〉與〈老街話畫〉雖然是兩個不同的背景，但前者卻是後者的延伸。當作者回到家鄉，想起台南火焰般的鳳凰花時，竟然為尋找鳳凰花的蹤跡，而「隨花起舞」，在遍尋不著時，卻教刺桐花填補了他先前的失落。這篇作品，雖然離不開「畫」，但可說是《藝海騰波》一書中散文味較濃的文體。即使作者把心中的感觸以平實的筆調來表達，但卻有緊密的連貫性，讓人有一口氣想把它讀完的衝動。作者說：「寫生不就是要寫『現場的生動』嗎？那就試著用流動的筆調，看看能否表現出眼前那份『葉影飄蕩，落英繽紛』的意境？」不錯，寫生要寫「現場的生動」，散文則要寫「心中的感動」，由此可見，藝術與文學的創作方式，絕對有其密不可分的關係。

〈從張家界到廈門〉看似是書中唯一的一篇旅遊散文，但它的特色依然與作者的藝術家身分有所關聯。在張家界旅遊不忘素描，到廈門則是為了參加「第四屆全國正書大展」的開幕活動。即使作者已掌握住旅遊文體的書寫方式，寫出山水與大自然的原始精神，沒有引述一些導覽資料來矇騙讀者，但如果能把旅遊與參展做一個切割，分成兩個篇章，更能凸顯出各自的文學價值。或許，作者亦有自己的看法，我們可以從他的表白中得到印證：「這趟旅遊，我飽覽張家界的奇峰峻嶺，登岳陽樓遠眺洞庭的虛無浩淼；在馬王堆看到楚文化的精巧深刻，進古書院見識了嶽麓的道統傳承；在廈門參與翰墨揮毫，欣賞正書大展，領略到大陸書風的脈絡走向……。」

〈暑假記事〉區分成：「浯潮再起畫展」、「星期三的文藝課」、「書品道心創意書法展」、「水印木刻版畫」等四個小單元。

或許，當讀者們看到這個通俗的題目時，會誤以為是中學生的作文。因為鮮少有老師會在「艷陽高張，攝氏三十度的高溫」下，提筆記下週遭的事物或心中的感想，何況是一位每天悠哉遊哉的退休老師。但我們的疑惑，卻馬上被文中的前言後語所推翻。儘管作者已從教職退休，但仍然延續著往昔的習慣，看到孩子暑假從台灣返鄉，自己的心情彷彿也跟著「放起假」來了，因此，始有這篇作品的誕生。

在〈暑假記事〉的四個小單元中，與藝術有關的佔了三則。「浯潮再起畫展」記錄的是移師到台北國父紀念館參展的感想。參與展出的，可說都是縣籍藝術家中的佼佼者。他們齊聚在藝文薈萃的台北都會，以「浯潮再起‧迷彩之戀」為主題，彷彿在昭告世人說：「此次的參展者，全數來自戰地金門，他們有著愴痛的過往、悲情的記憶和永不被摧折的意志和決心！」短短的幾句話，不僅道出參展者的心聲，也讓我們深深地體會到，作者雖然以歡悅之心去參展，但書寫此文的心情卻是沉重的，因為隱藏在他心靈深處的，確實有太多太多的感觸。

「星期三的文藝課」敘述的是已畢業離校、且活躍於文藝圈的城中同學，為即將退休的恩師王金鍊先生舉辦的一場文藝盛會。儘管王老師從事教育工作近三十年，桃李無數，在文藝園地亦是一個不折不扣的老園丁，但老師為人謙虛，行事低調，如此之盛會，的確讓他有受寵若驚之感。或許是學生之「盛情」，老師「難卻」吧！

「書品道心創意書法展」是作者與吳鼎仁和唐敏達三人書法聯展時的心得。從作品中，我們可以看見他深厚的書法功力；從文中，則可以發覺他在書法理論上所下的功夫。他對吳鼎仁書法作品的評語是：「靈動活潑，根底深厚」，唐敏達則是「險峻奇崛，飄逸不俗」。而所謂：「入帖難，出帖更難。」他說前面的半句話陳述學字的不容易，後面則點出風格建立的艱難。倘若沒有一點書法理論做基礎，焉能做那麼貼切的詮釋。然而，對於他謙虛地說：「我的字只能用笨拙兩字來形容。」相信所有看過洪明燦老師書法作品的朋友，都不會認同他這句話的。誠然，他的作品雖未達到書法中的最高境界，但距離已不遠，我們期待著，卻不希望他過於自謙。

「水印木刻版畫」是作者師專同學蔡宏霖老師，受邀蒞金為國中小「藝術與人文」學習領域的學員們授課的情形。我們可以從書中許多章節發現到，宏霖老師不僅僅是作者的同學，也是知交，更是南台灣版畫教育的推廣者。他將理論與實務相結合，從定稿、轉印、分版、套色，都毫不保留地為學員做最詳盡的說明與示範，為金門這塊版畫處女地，注入更多的養分。但是，作者並沒有刻意地在文中誇耀老同學的才華和成就，謹以平實的筆調，書寫出內心自然的感受，也同時轉述宏霖老師講授的重點，為喜愛版畫的青年朋友做經驗的傳承。

〈乘著歌聲的翅膀〉、〈黑白畫〉與〈看「番也」的畫〉是三篇帶有評論性的作品。前者針對的是「許玉音油畫展」，繼而是「洪明標寫生素描展」，再來是「徐心富高粱紅了個展」。儘管三篇都不是嚴謹的學術論文，但作者卻以專業的角度探討每幅畫的創作過程。無論是筆調、色彩或技巧，抑或是光影的捕捉，都做了相當精準的論述。當我們進入文中的情境時，彷彿置身在展覽場，聆聽洪明燦老師針對每一幅畫作，為我們做最完美的講解。他說：「會感動人的就是好畫，對待藝術的真心最可貴。」讀完上述的三篇作品，又讓我們清楚地發現到，作者對三位藝術同好盡是鼓勵和肯定，沒有一句尖酸刻薄的重話，展現出藝術大家的風範。

〈說畫〉書寫的是作者與十位畫友舉辦「驅山走海」聯展的經過。該文著重的也是針對所有參展者作品的詮釋。無論是楊文斌、楊天澤、李苡甄的水彩，董皓雲、顏國榮的油畫，洪永善、張國英的水墨，唐敏達、汪聞賓的素描等作品，他都能提出自己的看法和獨到的見解。由此可見，作者在藝術領域所涉獵的，並非是單一的，而是多方面的。一般評論文字的書寫總是較嚴肅而生硬，但作者的遣詞用字，卻是那麼活潑生動。我們可以從他評論唐敏達的水墨畫得到印證：「細膩的筆調，簡略的畫面，冷冷的情懷，水墨的氛圍，畫面常給人一種豐富潔淨、理性對比的美感，就像他的人一樣，簡扼明白，不喜囉唆。」而卻以極端感性的字句做自我期許：「走入田野即是走入心靈，我以這塊生育我的島嶼為舞台，緊緊抓住這有如電光石火的瞬間生命，演我該演的。」如果沒有深厚的文學素養，是難以做那麼貼切的描述的。

〈南山頭寫生歸來〉、〈再走台南〉、〈走進漳州〉、〈烈嶼一日〉、〈沈耀初百年紀念展〉、〈水墨浯江在廈門〉與〈島嶼的容顏〉系列作品，均為作者遠赴各地參展或寫生時的心得。雖然記錄的都是一些攸關展覽、繪畫的事宜，以及與各地藝術家交流的信息，如以高標準的文學觀點而言，它顯然是平庸了一點。然而，當我們仔細地品嚐時，卻又可以從其中，發覺他對母島的眷戀和關懷，無論走到任何一個地方，始終沒有忘記金門這塊孕育他成長的土地。

> 這塊生養我的土地，終於可以因我們的關係，首度以一種樸素深沉的圖像，呈現在大陸人的眼前，藉著這樣的一個機會去陳述它的故事，顯露它的精采，更進而打響它的知名度。金門人走出去也同時讓「金門」跟著出

去，我想畫展主題〈島嶼的容顏〉，如此的一個命名，多少已經反映出這樣的一種心境。

——〈島嶼的容顏〉系列之一「畫展因緣」

是家鄉那種寬坦靜謐的環境，滋養出我作畫當下的那份心思，沒有這塊歷盡風霜的土地，就沒有我那笨拙的圖畫。

——同上

十年來的堅持，一步步傻傻的走，笨笨的畫，不太去管畫壇上那些讓人眼花撩亂的派別和主義，在意的只是對待土地時的那份真心。島鄉金門曾經承載過太多的戰爭悲情，但它畢竟是一塊生態豐美、人文薈萃的地方。

——〈島嶼的容顏〉系列之三「畫展開幕」

以今日所見對照家鄉的宗祠，從維護的角度上來看，金門的宗祠是幸運的。不只是外形的煥然一新、氣宇非凡，甚且春秋兩季的定時祭典，都能讓成群子孫匯聚一堂，再透過熱心於族譜文化人士的推動，讓旅外的鄉親遊子，興起一股返鄉尋根探源的熱潮，這真是一件讓人感到興奮的事。

——〈島嶼的容顏〉系列之五「龍岩寫生瑣記」

除此之外，我們也可以看到他對藝術的看法和堅持：

藝術絕對是一件辛苦孤寂的工作，但有許多典型在前，隨時牽引著我們的信念，這一生即使默默無聞，我想我們都不會後悔。

——南山頭寫生歸來

藝術的創作千百種，實在不必拘泥何種形式，只要創作的「形式」能使人感動就是好的。

——〈再走台南〉「交流」

我之所以喜愛寫生，有一部分的原因是著迷於這種現場的互動狀況，總覺得當下的那一刻，儼然就是一張活潑生猛的圖畫，而自己也早已融入在這張畫裡頭了。

——〈島嶼的容顏〉系列之五「龍岩寫生瑣記」

展覽必然會伴隨著掌聲，但掌聲卻不能帶給畫者進步，進步的原動力主要來自作者的反省能力。

——〈烈嶼一日〉

藝術創作是作者全人格的展現，曾聽人說藝術的追求不僅只在藝術當中，畫者的品格學養、思考模式、生活偏好……，往往已定出他的創作品味。

——〈沈耀初百年紀念展〉

集美大學藝術教育學院王新倫院長更肯地說：

他堅持用寫實的手法進行素描寫生，幾乎走遍了金門的山山水水，用平靜的心思，表現對鄉土的愛戀，以一枝炭精筆傳達著對家園的那份感情與熱愛。

綜觀上述，我們可以清楚地瞥見一位藝術家愛鄉愛土的情懷，以及他對藝術的追求和堅持。倘若沒有高人一等的藝術素養，焉能獲得專家學者的肯定。

〈留意身旁的書跡〉、〈翰墨緣〉、〈習篆隨想〉是三篇與書法相關的作品。

毫無疑問地，作者鑽研書法多年，其成就可說與他的畫作並駕齊驅，也是地區書法家中唯一同時在「空大」與「社大」開課指導學生、認識「中國書法之美」的講師。

眾所皆知，國字是由點、挑、橫、豎、撇、捺、厥、鉤等筆劃所構成，而每個字則有篆、隸、正、行、草等不同書體之分；同一書體，又有多種不一樣的體式，初學者如果沒有經過學者專家的指導，再加上自己長期的努力學習，是難於寫出一手好字的。作者能受邀擔任此一教職，足可證明他在書法藝術上的深厚造詣，要不，豈能勝任這份工作？他冀望熱衷於書法藝術的愛好者，不要只停留在書藝技法的操作層面上，也要涉獵到它的理論，假以時日，必能將理論與實務相結合，書寫出具有個人風格的書法作品。

從上述的三篇作品中，我們不僅領略到作者對各家碑帖鑽研之用心，也目睹他親赴各地寺廟牌坊、走訪了島上較具歷史的商號、民宅、洋樓和古厝，將對聯、堂號、店招，或牆上各類標語的書跡一一記錄下來，並把鐫刻或書寫在上面的各類書體，加以整理分析，做為對學生講授的教材。

現在，我們試舉例如下：

——沙美「萬安堂」橫匾，略帶行意的楷體字，寫得渾厚飽滿，神氣活現。廟內的聯對筆調一致，嚴整恭謹，表現對神明的尊崇。

——碧山陳清吉洋樓大門聯，隨著溫潤豐腴的楷書，用白灰塑出陽文對聯：「蝸廬竣曰苟曰苟又曰苟；矮屋成於斯於斯復於斯」，對照眼前這棟風韻猶存的龐大建物，這幅對聯深刻地表現出建屋人當時的謙卑心情。

——金城「存德藥房」的橫匾，醒目而古樸地高掛在藥房的門楣上，略帶側勢的字體，跌宕中顯得沉穩，可以看出是用黃山谷筆意揮寫出來的。

——青嶼的「解救大陸同胞」、浯坑的「效忠領袖」是仿宋的美工字體。后盤的「莊敬自強」、頂堡民宅正面的「忠誠」是圓筆的顏體書法。浦邊民宅側面的「服從最高領袖」、新頭的「完成復國使命」是方筆的魏碑體。

從上例我們可以清楚地看到，作者心思的細密、觀察的入微，以及在書法藝術上的素養、對人文歷史的關懷。

然而，儘管作者在書法領域已奠定一個屹立不搖的地位，但我們從〈習篆隨想〉裡，卻又可以看出他求新求變、好學不倦的藝術家精神。他說：「經常地手不離筆，能用熟練的中鋒筆法，能勻整的寫出每一個筆畫，能抓住長而對稱的字形，能表現出篆體的雍容華美，但這樣的努力只是在學筆法、習字形，若一直深陷其中，只能永遠抄襲古人，在拾人牙慧的陰影下討生活。倘若想用篆書無礙順暢地自運一首詩或一段短文，那就非得在與篆字相關的其他方面下功夫不可。」

試想，有又幾位名家，能以誠實、謙卑之心，坦然地來面對「學然後知不足」這句話？作者溫文儒雅、為人謙虛、行事低調，提攜後進不遺餘力，所謂文如其人，正好可以得到印證。

《北樓詩抄》它包括「碉堡物語」與「荒屋」兩個系列，各有新詩四首，配合八幅素描，並以詩的語言來詮釋自己的畫作，可說是文圖相輔，圖文並茂，也為自己的藝術生命，樹立另一個新風格。

不可否認地，詩不僅要我們去懂，也要我們去感，如果只是一堆文字的堆疊，那是毫無意義可言的。

「碉堡物語」分別由〈眺〉、〈默〉、〈壘〉、〈祈〉等四首短詩所組成。作者的靈感毫無疑問地是來自二○○四年九月十一日開幕的「金門碉堡藝術館」的十八個個展。

作者如此地寫著：

〈眺〉

二○○四年九月

碉堡邂逅藝術

我莫名的被拋向國際
如今
寂寥鋪天蓋地而來

〈默〉

老兵不死，只是凋零
在土堆上
隨著星辰起落
我溫習著過往的英勇

〈壘〉

在士石塊壘之間

烽煙散了
不走的是
一抹抹揮不去的英雄印記

〈祈〉
有用的年代
我抵拒戰爭
無用的歲月
我看見和平

從這四首短詩中，我們可以看出作者用簡潔、明朗的字句，在短短的行數與字數裡，就把他筆下四座碉堡，做了完美的詮釋。讓讀者能輕易地從詩中，感受到作者欲表達的意象，繼而地引起共鳴。而令人感到訝異的是：一位與詩沒有太多交集的藝術家，竟能把幾十個通俗的文字，安放在文中最恰當的地方，讓它自然地構成一首首動人的詩篇。即使我們不能說它是曠世之作，卻不能不肯定作者的用心與深厚的文學功力。

「荒屋」則由〈樹自語〉、〈草自語〉、〈屋自語〉與〈人自語〉所組成。雖然草木與荒屋的自語是由人來代言，但作者卻把源自心靈深處最真實的感情注入其中，並賦予它們生命，讀者們感受到的，彷彿就是它們誠摯的呼聲。

我們且看：

〈樹自語〉

我原在僻遠的山野
種子被不經意的鳥兒啄食

牠隨意的拉一把屎尿
在厝頂的裂縫 在牆堵的間隙
就這樣
我被帶進村莊
……
……

〈草自語〉
我是一株不起眼的小草
隨著風兒漫無頭緒地
飄呀飄的
不管落入何處

我堅韌的生命
自會
落地生根
……
……

〈屋自語〉
歡笑走了
悲悽走了
那夜夜點燈的人兒走了
數十寒暑的守望也走了
窗明几淨的日子

琴韻書香的時光
竟是這般短促
……………
……………

儘管作者是先有素描、後成詩，但無論讀者是單獨賞畫或品詩，或是相互地印證，都能感受出它們獨自的情境。然而，隨著社會的變遷、人口的外移，島上雜草叢生的荒屋無數，從這首詩中，我們更可以發覺到，不管是樹是草，都與荒屋有密不可分的關係，三者可說是命運的共同體。我們請看〈屋自語〉的尾聲：

不解的是
我風韻猶在

卻功能盡失
如今
一室的幽林野趣
滿屋的蟲唧鳥鳴
眼前盡是數不完的落寞荒涼
什麼時候
我舊時的親人啊
你可得回來看看

讀完這一段，的確讓人有萬般的感慨。然而詩人發自心靈深處的呼喚聲，舊時的親人是否聽得到？什麼時候願意回來看看？或許，荒屋的主人或親人早已把異鄉當故鄉，而何年何月始能有所頓悟，重回這個歷經砲火蹂躪過的島嶼，整修荒廢許久的田園和厝宅，還是要讓它繼續落寞荒涼下去……。

〈人自語〉同樣地源自荒屋，惟作者賦予它的，卻是旅居海外的遊子心聲：

我何嘗不知
人離鄉則賤的道理
我何嘗不願
在老屋的庇護下
去生枝發葉

只是天命難違啊
數百年來島上
磽薄的土地　多風的氣候

凶險的盜賊　無情的戰火
逼得我只能
乘帆遠去　求食異鄉

我人雖在外
但心心念念的
莫不是家園的舊時光
總是期待
早日的功成名就
早日的飛黃騰達
讓老厝的昔日風采
快快重現

再生光輝

在這首二十行的新詩裡，它沒有晦澀而讓人難以了解的地方。我們似乎也可以從整首詩的意象中，想像一則活生生的動人故事。如不是凶險的盜賊、無情的戰火，誰不想在老屋的庇護下生枝發葉？誰願意求食異鄉？而人雖在外，心心念念的卻是家園的舊時光……。當我們進入詩中的情境時，大凡有血性的人們，想不感動也難啊！

讀完《藝海騰波》，總的說來，洪明燦老師的藝術造詣和成就，在兩岸三地早已有目共睹，也是少數擁有畫家、書法家雙重身分的藝術家。然而，當我們從他十年中所結集出版的三本書來看，他的文學根柢更是不可輕忽。倘使以他創作的份量和嚴謹的態度，以及對文學的執著，再賦予他一個作家頭銜，並無不妥之處。即使《北樓詩抄》系列作品，只是他邁向詩壇的起步，但只要持之以恆，不久的將來，我們即可見到一位純真質樸的詩人，在金門這塊民風淳樸的土地上，閃爍著耀眼的光芒……。

原載二〇〇八年四月二十二至二十三日《金門日報．浯江副刊》

以自然為師

——試論洪明標《金門寫生行旅》

《金門寫生行旅》是洪明標老師繼《冬晨中行走》後的第二本書。

倘若以在地的文學觀點而言，我們可以發現到《金門寫生行旅》無論是它欲表達的意象或書寫的層面，不僅較《冬晨中行走》更貼近這塊土地，也投入更多的情感。即使《冬晨中行走》的輯一、輯二，書寫的亦是浯鄉的情景，但二篇旅遊散文則佔去整本書的半數篇幅。而《金門寫生行旅》卻全部以這個島嶼為架構，足跡遍布每一個角落。他除了畫出它們的古樸與祥和外，並以嚴謹的筆觸和華麗的文字，重新對浯鄉的自然生態、洋樓古厝、以及戰爭遺跡，做完美的詮釋。雖然文中沒有壯麗的山形水貌，但那份純淨樸實的特質，如沒有與這塊土地衍生出深厚的情感，是難以把它寫得那麼生動感人的。

眾所皆知，在早期的文學分類裡，曾有「四分法」之說。它區分成「詩歌」、「散文」、「小說」和「戲劇」。而除了詩歌、小說和戲劇之外，只要與文學相近的作品，幾乎都把它歸納成散文。譬如：書信、日記、小品、遊記、雜文、序、跋……等等，其概括的範圍可說是相當廣泛的。然而，散文並非只是作者心靈與情感的抒發，讓讀者得到一時的歡悅和感官的享受而已。即使它不必擔負塑造人物的任務，但無論是寫情或寫景，都必須源自作者豐富的生活閱歷，以及內心誠摯的感受。因此，我們可以斷定，《金門寫生行旅》，不僅僅只是一篇篇雋永耐讀的散文，也是洪明標老師為自己的文學生命，樹立另一種新風格的寫照；更是他「驅山走海」、親歷其境的心血結晶。故而，這本書的出版，自有其流傳的普世價值。

在散文創作的理論上，寫景散文即在於借景抒情。無論是一株小草、一片落葉，或是一座碉堡、一棟古厝，都能構成散文創作的主要內容。綜觀洪明標老師書中的十九篇作品，除了〈展覽五日誌〉外，其他十八篇，可說都是因「寫生」而獲得的靈感。當他以華美流暢的文字帶領我們進入〈昔果山的松林〉時，我們看到的不僅是松林週遭迷人的景致，也看到作者對藝術的堅持，體會到畫家鍥而不捨地去追求生命的真誠，讓線條筆觸間流露出款款情愫。這塊土地的生息脈動，更是一股原始的野趣，讓人和土地可以靠得更貼近。而當我們立足在自己安身立命的土地上時，勢必會更有自信。

〈松翠拂人衣〉與〈孤松〉是兩篇意境較高的作品。多日的彳亍，作者竟能在林中領悟出那份寧靜歡喜與怡然自得的情懷，讓他觀察到松林不屈的形色，猶如隱士棲跡山林的身影。於是他想起南朝辭官回鄉耕讀的靖節先生，雖然承受著「勞筋骨、餓體膚、空乏其身」的困窘和疲憊，卻不減其不違己的初衷和志氣，因為這種生活才是自己想要過的。

「世與我而相違，復駕言兮焉求」，作者折服於靖節先生「不為五斗米折腰」而堅持歸返田園的風範，以及「忘懷得失，以此自終」的灑脫。但陶潛終究是陶潛，自己畢竟只是世俗裡的凡人，如要能登東皐臨清流，還得學學那無心出岫的白雲，始能讓自己來去自如，也能如那倦飛知返的鳥兒，尋找到心靈的原鄉。〈孤松〉一文中，作者提起從繪畫中領悟到：「一幅畫蘊藏的內涵氣質、精神風格，能不能感動自己，能不能使人動容，那才是追求的真諦、表現的重心。」同樣地，一篇優美的散文亦必須有如此的心境，始能讓讀者感同身受。

上述雖然是作者在松林中的體悟，然從字裡行間，卻也讓我們深深地感受到，即使作者已在這片山林中，尋找到生命深邃處的渴望，但他卻是懷著沉重的心情進入松林的。梭羅在《湖濱散記》裡曾說：「我走進樹林，因為我想要從容地活，只要面對生命的本質，看看我能不能學到它要教會我的東西。」或許，這就是作者當時的心境。

儘管在某些人眼中，木麻黃是最沒有美感的樹木。然而在這個小島上，它卻扮演著防風、防沙的重要角色。爾時為了它的成長，禁止牧羊；為了它的存活率，金防部每年都夥同林務所，親赴各單位檢查而後做評比，優勝單位得到獎勵，殿後的受到懲處，對造林護林之重視可見一斑。而今，「綠化金門」的口號在「果化金門」沒有成功時，也逐漸由樟樹、楓樹、鳳凰木、茄冬樹、白千層……等來取代，首先遭殃的就是道路兩旁的木麻黃，它並非功成身退，而是因為沒有利用價值。讓人稱讚的綠色長廊已不見，當年那種耐乾旱、耐貧瘠、耐酸土，樹皮灰黑、軀幹縱裂斑駁的長綠喬木，正逐漸地從人們的記憶中消失。而又有誰會緬懷它那段標誌著「軍民合作」的植樹過程呢？〈一株木麻黃〉所欲表達的意涵或許就在此。

〈后盤山的大榕樹〉與〈南山林道樹影亂〉，雖然都和樹脫不了關係，但內文則呈現出強烈的對比。大榕樹那圈圈輪痕，是多少餐風飲露的滋潤？斑駁龜裂的樹皮，是多少風吹雨打的蝕刻？高聳的樹身，粗蠻的樹幹，堅韌的生命力，讓人衍生出一份敬畏之心。然而作者所要凸顯的，除了古榕的風韻外，對於它的傳奇，也透過一位頭髮斑白的老阿伯，來為讀者講解它歷經風霜的故事。

而〈南山林道樹影亂〉的主要意象，我們則可以從下列中看到：

——木麻黃喬木材質硬，密密蒼蒼的枝條垂掛在灰黑的樹幹上……。

——尤加利是夠特別的，張牙舞爪，形象突出，由於生長迅速，枝條較脆弱，新生枝椏不斷地從老幹上萌發，顯得雜亂……。

從上述二段，再加上：

——高粱已採收，留著些枯梗殘根依戀著土地……。

作者以短短的幾十個字，就勾勒出南山林道樹影亂的景象，如果沒有敏銳的觀察力，是難以做如此描述的。然而，即使它樹影亂，但由於範圍大，樹種層次多，又有枯木，不僅豐富了作者的畫，也讓這篇散文更貼近自然、更有可讀性。這似乎是作者始料未及的。

蘆葦在浯鄉這塊土地上，幾乎處處可見。它禾莖雖細，繁殖力卻很強，當它開花時，也是畫家或攝影家捕捉的焦點。〈慈湖圩田的蘆葦〉作者所欲表達的，何止只是蘆葦的丰采，他同時窺視遠處一隻覓食的水鳥，當牠向防波堤飛去時，寂寂的鳥聲迴響在冷灰的天際裡，格外悽惘。

而寒天磣磣、大海茫茫，已叫人黯然，再孤鳥單飛，怎不再傷情？當他感受到那份悽涼的況味時，竟然也挑起他千結的思懷。讀者們請看：

遠別的人啊！海天蒼茫，真箇是斷腸人憶斷腸人啊！看孤鳥盤旋了幾回，直送牠飛遠。待回身，水圳黃蘆和風交頭聒噪，一臉狐疑，哪裡知道我剛剛寫下相思兩字？

看完這一小段，想不動容也難啊！即使親人已離他遠去，去到一個遙遠的國度，但從洪明標老師諸多作品中，類似這種思念的文字，似乎不常見。或許，溫文儒雅又內向的作者認為，把那份思念，貯存在自己心靈的最深處，遠較訴諸於文字還有意義吧！

〈島的西北隅〉、〈長寮殘堡秋風裡〉，書寫的雖然都是作者寫生後的感想，但裡面卻多了一份對戰爭以及軍事設施的回顧和描述。「嚨口」它位於島上的西北隅，爾時其村郊臨海地區，被駐軍歸納為第一線。它築有堅固的工事，重機槍射口瞄準對岸的海域，邊緣植有尖銳的瓊麻，復加鐵絲網圍繞，下午六點關閉陣地，它的重要性可見一斑。而今，兩岸軍事對峙已緩和，十萬大軍已被五千兵力取代，碉堡多數已棄置，雖然有些仍豎立著「本區屬軍事管制區，未經許可，禁止進入測量、攝影、描繪、記述，及其他關於軍事上之偵查事項。違者，依法偵辦」的警示牌，但島民早已見怪不怪。

為了凸顯廢棄碉堡的歷史價值，金門縣政府於二〇〇四年九月十一日，在西浦頭長寮重劃區舉辦「金門碉堡藝術館——十八個個展」，藝術家透過裝置藝術的手法，藉以訴求「遠離戰爭，走向和平」的渴望。於是，畫家在它的週遭寫生，文史工作者拍照做記錄，詩人以筆歌頌它的雄偉，小朋友在此處發揮創意，構建「金門兒童碉堡藝術館」，把原本被軍方棄置的碉堡，炒得沸沸騰騰、熱熱鬧鬧的，也藉此把金門獨特的戰地文化行銷出去。

在〈長寮殘堡秋風裡〉作者除了詮釋長寮殘堡外，並針對這個島嶼的歷史文化，以及軍管時期的生活片段，做了不少的回顧。往後浯鄉子弟，必可從這些篇章中領略到戰爭對島民所造成的傷害，以及在軍管時期、戰地政務體制下，島民受到種種限制與不平等待遇的生活情景。

作者大學讀的是中文系，學成返鄉後擔任近三十年的教職，而令人感到訝異和不可思議的是，他竟然能憑自己的毅力，在短短的幾年間，以一個非科班出身的老師，在畫壇擁有一片屬於自己的天地。即使他謙虛地把這份成果歸功於藝術家兄長洪明燦老師的引導，以及藝術界朋友的鼓勵。然而，在現實的藝壇和文壇，倘若沒有不屈不撓的苦學精神，焉能得到這份甜蜜的果實？

而更讓人料想不到的是，他對浯鄉的自然生態環境也瞭若指掌，在〈五虎山下〉這篇作品裡，除了描繪週遭的景致外，對於沿途的野花、野草和林木，亦能如數家珍、輕易地道出它們的學名。如果沒有對自然生物有所涉獵，想必也只能以樹木花草做總稱。例如：龍舌蘭、姚金孃、耳挖草……等，都是我們較少聽見的。或許，這與他的「隨緣自娛」亦有關聯，他不僅要親自體會自然中的奧祕，更想讓自己在這塊乾燥的黃土上，嗅出土地的芳香，接受藝術的陶冶。

當作者在五虎山下看到躁動的烏鴉在啄食時，梵谷「麥田上的烏鴉」（一八九〇年油畫作品，亦有人譯成「麥田群鴉」）圖像，竟快速地從他的腦海裡浮現出來。然而，作者所要談的，並非是這幅畫的本身，而是梵谷與他弟弟之間的親情。讀者們都知道，梵谷的族人有好幾位長輩是西歐舉足輕重的畫商，但他在畫壇卻十分地潦倒，愛情也不順，一生只售出一幅畫和得到一篇讚美的評論。為了藝術，他不僅身心疲憊，更經常地三餐不繼。幸好有一位弟弟毫不保留地接濟他、安慰他、鼓勵他，讓濃濃的兄弟情誼，溫暖了他那顆孤寂的心，讓畫家在窮苦潦倒的人生路上得到慰藉。倘若沒有這位弟弟，世上縱使有梵谷其人，勢必無梵谷之畫。儘管作者這段描述是由梵谷的畫作引伸而起，然從字裡行間，我們則可以清楚地發現到，他想要凸顯的，莫非是「手足情深」這四個字。在筆者的觀察中，他彷彿是藉著這小段記述，向引導他走向藝壇的兄長洪明燦老師致上最虔誠的敬意，只是不善於直截了當的表明吧！

狗，雖然是人類最忠實的朋友，但人怕狗、狗怕人，是常見的趣事。人的一生沒有被狗咬或許有之，然若沒有被狗吠或被狗追，可能是少數。〈英坑村犬〉是一篇較輕鬆的作品，作者把整個下午與狗周旋的情景，透過生花妙筆，書寫得活潑生動又傳神，「狗兒一刻也沒有靜止過，扭頭翻腹擺尾伸腿」，彷彿狗兒就在我們的面前，讓人有身歷其境之感。即使作者進入村莊已有一些時日，但兩條狗依然把他當成陌生人，時時刻刻監視著他、防備著他，忘了「見面三分情」的「禮數」，讓他感到納悶。

然而，當他無意間讀到〈金門英坑黃氏百年記事錄〉時，始發覺到這個形如燕穴的純樸村落，自明初以來，世澤綿延了幾百年，族人遍佈東南亞各地，其歷代祖先事蹟顯赫，現今也人才輩出，難怪「英坑村犬」會那麼「盡責」、「看」那麼緊，是否因村裡尚有許多寶貴的文化資產，深恐被外人竊取？

〈英坑村犬〉書寫的除了「狗」事外，對僑鄉文化亦有諸多的著墨。例如：

旅居異鄉的歲月長過家鄉，想來是有些噓唏。人如水中浮萍，又何嘗不是風中飛絮？在那苦難的時代，青澀的年少帶著家人的不捨和對未來的不可知在異鄉奔突流徙，僑鄉終成安身立命的家鄉，異地竟成了長眠之地。

短短的幾句話，便道出旅居海外遊子的心聲，也同時讓這個原本不起眼的村落，在剎那間受到許多文史工作者的重視。尤其是譜碟的修護，更是如火如荼地進行著。相信不久的將來，必有一本完整的「英坑黃氏族譜」面世，讓其後裔瞭解到自家的姓氏源流。

「姊姊，妳看，藝術家在畫圖！」在〈浦邊的孩子〉這篇作品裡，作者把鄉下孩子純真、樸實、敦厚的一面，透過他華美樸實的筆觸，毫不掩飾地呈現給讀者。即便作者不需要在散文中擔任塑造人物的任務，但他依然把那對天真無邪的小姊妹，寫得活潑生動，展現他在散文之外的另一種功力。當另一位小男生和他談論「風景」時，作者毫不猶豫地說：「生命即畫紙，人生即風景。而人生如寄，短暫又無解，當生命一點一滴在眼前流失，該怎麼調色為人生上畫最重要，別忘了，一生只有一張畫紙。」〈浦邊的孩子〉看似有點平鋪直述，但只要我們細細地咀嚼、慢慢地品嚐，必可發現到文中隱含著不少啟發人性的哲理。

「自光緒以降，百年來的風雨晦明，讓眼前這棵光禿老樹裂痕縱橫，結痂點點猶如老人斑……。」當我們進入〈刺桐花開〉的內文而尚未閱畢全文時，呈現在眼前的，簡直就是山后村那株主幹肌理結實，條條充滿著力道，且又高挺雍容的刺桐樹。當作者敞開心靈慢慢走向樹時，他彷彿聽到樹根深入泥土，枝枒向天空延伸的聲音。也領略到年年歲歲，春去秋來，葉落葉發，花開花謝，生命在遞變中強韌的力量。然而，真正讓他賞到刺桐花的並非山后而是湖下，他寫著：

我們去的時候，正是開花時節，由於遠近明暗疏密的關係，像似有著鮮紅般紅橙紅嫣紅的花色激盪得一樹喜氣洋洋。整棵樹像是支紅光燃燃的火炬，將周圍照得熱情無比。

作者僅用短短的一小段文字，就把刺桐花開的情景描繪得淋漓盡致，的確讓人有眼睛一亮之感，說它是難得的佳作，並不為過。

〈西南海岸〉巨巖重疊的岩石，沙白水清的海域，的確吸引無數的畫家在此處寫生，作者當然也不例外。而這篇看似寫景的散文，卻隱藏著一縷縷思念的情愁。難道是這個小小的海灣，讓作者觸景生情，或是勾起他某種回憶，始有那麼貼切的描述？

小小又幽隱的海灣，讓首次遇見的我有些驚歎，卻無從喜悅。只因遭逢喪亂的情苦流布全身，禁錮著心，遮掩著眼，讓我看不到往昔所熟悉的世界，尋不著朝夕相處的人，甚至對身邊的事物也漸漸遲鈍麻痺……。而山林能撫平糾結的心嗎？大海能使悲傷的心靈獲得救贖嗎？

當我們看完這段充滿著感性與思念的文字，身為他的讀者，無形中也感染到一份無名的悽然況味。西南海岸帶給洪明標老師寫生靈感，這段文字則可做為他永恆的回憶。

〈晨行泗湖歐厝中〉書寫的是兩個村落與海濱的景致，而海所佔的比例較村景為高，背景則是濃霧茫茫的海灘。其主要的段落，幾乎都是以內心的獨白來呈現。當他行走在海灘，鞋印逐漸被霧翳去時，他想起自己的人生來時路，而那些有熱情、有嚮往、有蹣跚、有沉重的腳印，都在歲月的煙霧中消逝了。但他知道，有些慰藉會在腦際縈迴，有些嗟嘆會記掛在心頭，在他步入鬢霜之際，更想知道記憶是否會把美好的留下？

從文中諸多的細節來看，我們深深地感受到，洪明標老師無論寫景寫情、遣詞用字，或標點符號的運用，都有其獨到的一面，這似乎也是許多人望塵莫及的。

〈去舊金城〉、〈沙美老街〉與〈珠山村景〉均為作者進入各村落寫生，所衍生出來的感想，因此，筆者試著把它們歸納在一起來集中討論。

讀者們都清楚，明代金門千戶所是戰略地位相當重要的海防城，它的所在地正是現在的舊金城。而從千戶所衍生的商業街道，也就是現今俗稱的：金門城北門外「明遺老街」。城外更有抗倭名將俞大猷的「虛江嘯臥」，與百戶陳煇的「湖海清平」石碣，以及「文台寶塔」等古蹟，可說是一個歷史與文化相輝映的區域。也因為有如此優異的地理文化條件，來此參觀的遊客絡繹不絕，無論城內老街或城外古蹟，其姿態更是藝術家與文史工作者欲獵取與書寫的對象，而作者已記不清去過多少次了，卻始終不會感到厭倦。老街的一磚一瓦都與他衍生出深厚的感情，然卻也感嘆其世世代代的生命在悄然間流逝。

在〈去舊金城〉中，作者並非只對老街與城門做概括性的回顧，文中亦有不少感性的描述，它或許也是作者諸多篇章共同的特色。當整修城門的工人看過他畫的相思樹而想起一個人時，竟斗膽地向他要那張畫。作者則透過內心的獨白，做下述的描述：

深情的年輕工人啊，請原諒我不能送你畫。我的畫是無法細細為你訴說衷腸的……。看著那棵相思樹，心中的不解已成了解，你保有心中那份思念，我為你默默祝福。相思樹在你的心中，在我的畫紙上，也在我的心中。願我們心中相思樹密如林，林裡有親愛的人、感謝的人、思念的人，有他們相隨，就不會感到獨行踽踽了。

讀完這小段，或許我們不能說它是神來之筆，但作者早把心中那份豐沛的情感，赤裸裸地表達在文字上，讓原本題目較直接的「去舊金城」，內容更加地扎實，也更有可讀性。

〈沙美老街〉迄今已有一百七十餘年之歷史（清道光十六年，公元一八三六年即興建），初建時有一百五十餘棟建物，分別座落於現今之三民路與成功路，以及忠孝、仁愛、信義、和平等街，形成一個八卦型之街道。爾時其盛況可說是市聲鼎沸、商販雲集，也是東半島最繁華熱鬧的小鎮。街雙旁是古式的樓房店面，石板鋪成的走道，散發著古色古香的風采，經營行業包羅萬象，東半島的居民與駐軍，幾乎都在這個小鎮上消費。然而，當「金沙戲院」與博愛街、復興街於一九六四年相繼地興建完成後，商家開始外移，相對地也造成老街的沒落。當它風華褪盡時，復經歲月與風雨的侵蝕，面貌幾乎已頹廢。雖然有部分文史工作者發起搶救老街，呼籲政府重視老街的歷史文化，但因種種因素使然，想恢復它原有的風采談何容易？

作者來到沙美老街，當然是為了捕捉老街的身影，也是因「畫」而來，除了獲得兩張素描外，又將其心得，書寫成一篇近三千字的散文。雖然素描與散文是兩個不同的區塊，但我們在畫中見不到的，則可以在散文中領略到。同樣是沙美老街，呈現在紙中的畫影圖形畢竟有限，而文中卻涵蓋著老街週遭的歷史文化，例如：香火鼎盛的「萬安堂」，歷經滄桑的「番仔樓」，以及斑駁老舊的「古厝」……等等。它們都瀰漫著素樸安祥，各自演繹不同的生命傳奇。

「珠山」原稱「山仔兜」，位於本島西南太文山龜山下，迄今已有六百餘年歷史。其聚落地形如覆缽，週遭丘陵環繞，林木茂盛，後有「雞奄山」，中有「大潭」，並有「四水歸塘穴」之稱。村內並有薛永南兄弟洋樓、薛芳見洋樓、薛允強洋樓，薛氏大、小宗祠，下三落、頂三落、大夫第、將軍第等重要建築。一九二八年並成立「珠山圖書報社」，創辦《珠山顯影》僑刊，是一個歷史建築相當完整，人文色彩相當濃厚的村落。畫家進入該村簡直有畫不完的「珠山村景」，而作家何能寫完它動人的傳奇故事？

然而隨著人口的外移，破落的古厝亦在不少數，畫家想捕捉的，或許是那些老舊的房屋、毀塌的牆垣、叢生的樹草；而作家想聆聽的，則是鄉親訴說無情歲月的滄桑。總之，無論是畫家或作家，對於美麗悅人的〈珠山村景〉各自賦予的情感不同，欣賞的角度亦有所差異，更有不一樣的詮釋。唯一不變的，或許是它六百餘年的歷史文化……。

〈展覽五日誌〉雖然仍屬散文創作的一環，但與上述十八篇作品是略有差異的。上述偏重於情景的描述，並以流暢的詞句來敘述自我的心境，又以精練華麗的文字，展現出散文書寫的另一種特色；而〈展覽五日誌〉則是較口語化的隨想筆記，儘管它只是洪明標老師寫生個展的記事，但我們卻也不能否定它既有的價值。

尤其是一位不具藝術科班、長久從事國文教學的國中老師，竟然能在短短的三四年間，利用假日跟隨同好呼嘯山野、四處寫生，復把其成果展現在鄉親面前，讓島民共同來分享他個展的喜悅。而其中的酸甜苦辣，或許，只有他自己最清楚。

即使洪明標老師展出的只是二十張以炭精筆素描的黑白作品，但卻是他與這塊土地互動的真實寫照，讀者們可以從他附錄於書中的畫作得到印證。

藝術家洪明燦老師在看完其胞弟的個展時，除了鼓勵他說：「這是一條艱難有味的路。寶物在家裡，在你的自心。用你誠心的筆觸，一點一滴去挖掘去構築自己的藝術城堡。」並同時對他的畫作，下了幾句中肯的評語：「『山后刺桐』的清冷幽深，『大夫第』的渾厚樸實，『五虎山下牧牛場』的山野逸趣，『一株木麻黃』的神采煥發，『昔果山松林』的濤濤風聲……都可以使人觀賞留連、細細咀嚼。」

雖然作者自謙地說，自己在繪畫上沒有好技法，但師大藝術博士生呂坤和老師卻認為：「技法若笨拙，但感覺出來了，有何不好？若技法嫻熟，但可能囿於它，因而僵化沒感覺，又何嘗是好？」

畫家張國英老師也在展覽留言簿寫下：「情感真摯，感觸細膩。描繪用心，意境清寂。經風雨洗滌過的風景，能淨化觀者的心靈。質樸的美感，平實感人。以穩健的筆觸，持續在大地深耕，誠然可佩。」

在這篇近八千字的作品中，書寫的雖然只是個展的記事，但裡面卻融合著無可取代的母子深情、手足之情以及誠摯的友情，也為自己首次寫生素描個展，劃下一個完美的句點、留下一個永恆的回憶。

已故畫家席德進先生曾說：「當我靠近自然，我得到解脫。自然給我力量，把生命的真意顯示給我。」而洪明標老師的作品，無論是寫生素描或散文創作，都與這塊純樸的土地有密切的關聯，除了源於自然也貼近自然，讓我們聞到一股濃郁又馨香的鄉土氣息。想必，往後的人生歲月，他勢將以自然為師，以筆來歌頌大自然的雄偉和壯麗，為浯鄉藝壇和文壇，畫下或寫下更多值得稱頌的篇章。

但願自然賜予他力量，把生命的真意顯示給他……。

原載二〇〇八年五月二十三至二十四日《金門日報・浯江副刊》

走過青澀的時光歲月

——試論寒玉《輾過歲月的痕跡》

《輾過歲月的痕跡》是寒玉小姐的第三本書、第一本小說集。書中的十二篇作品，最早的一篇是一九八九年〈美麗的節奏〉，最後一篇則是一九九〇年〈留下倩影待回憶〉。即使這些篇章都是在兩年內寫成，但迄今已有二十年的光景。倘若以嚴謹的文學觀點來說，顯然地，這些作品與寒玉後期的寫實風格是有巨大差異的。或許，她出版這本書的目的，紀念意義遠勝於實質價值，因此，我們不能以高標準來審視這本書，亦不能只肯定現在而否定以前。倘使沒有之前的努力，現在焉能擷取甜蜜的果實？這是許多人所疏於分析的。

爾時這個島嶼，歷經九三、八二三、六一七等砲戰，復經三十餘年的戰地政務實驗。在以軍領政的那個年代，因受到重重的限制，沒有出過遠門的青年男女比比皆是，讓原本民風淳樸的島嶼，社會和資訊更加地封閉。寒玉小姐能在有限的資源下，憑藉著自己對社會的觀察以及對文學的熱衷，再透過想像，並以輕快流暢的筆觸，在短短的幾年內，寫出數十篇散文與短篇小說，並發表在《金門日報》的「正氣副刊」上，的確備顯可貴。其散文作品，已分別收錄於《心情點播站》與《女人話題》兩本書中；而十二篇小說，總字數已逾十三萬言，單獨成書已綽綽有餘。然而，在文學這個現實的區塊，我們姑且不論它既有的價值，而該先肯定作者艱辛苦楚的創作過程。尤其是一位苦學的筆耕者，在其少女時期青澀的時光裡，能有如此的佳績，更應當給予熱烈的掌聲。

讀者們都知道，小說著重在敘述故事，也同時在其過程中，塑造典型的人物形象，而其意境，往往要以散文來陪襯。從作者諸多的篇章中，雖然其故事性與人物刻劃略顯薄弱，但作者卻以優美的散文，來加強小說中的意境，讓人有耳目一新之感。即使多數題目有濃濃的散文味，譬如：〈往事如煙情如夢〉、〈憶戀故舊笑靨起〉、〈繽紛耀眼人間情〉、〈彩蝶翩翩迎風舞〉、〈留下倩影待回憶〉等。甚至在篇中的首段，亦以華麗的散文做開端，例如〈美麗的節奏〉：「山谷滿是林梢，花木扶疏，滿林鳥語，盈谷芬芳，情緻和韻味悠揚祥和，充滿濃郁詩韻氣息，鮮麗清朗，靜謐又婉約。」〈給自己一個春天〉：「初昇的旭日，它的光射著絢爛的燦耀，閃爍著生命的光采，及時地伸開雙臂，擁抱著所愛的人，重重疊疊的憶戀，生活因他而豐富！」〈待嫁女兒心〉：「春暖花開，暑氣漸盛，明麗耀眼的晴朗，增添著生活的色彩。」等等。然而，我們卻也不能主觀地認定作者是以寫散文的方式來經營小說，即便她不善於用傳統的說故事方式來書寫，但我們依然能從人物的對話中，清楚地看到她欲表達的意象是什麼。對於一位從未接觸過文學創作理論的文壇新秀而言，她這種獨樹一格的書寫方式，自有其可取之處，似乎也為往後的文學創作，立下一個穩固的根柢，這是不能否認的事實。

綜觀書中十二篇作品，除了〈老人世界〉與〈輾過歲月的痕跡〉外，其他十篇書寫的幾乎都是青年男女青春時期的戀情。依彼時的時空背景以及作者接觸的社會層面而言，我們可以理解她創作的題材為什麼只侷限在男女的戀情而不能有所突破。誠然，小說可以虛構，但它畢竟是生命的呈現，如果沒有親身去體會它蘊藏的深義，豈可貿然下筆。作者選擇以她最熟悉的青年男女為書寫對象，把他們的愛恨情仇以及朝氣蓬勃的年輕氣息表露無遺，也同時以她樸實清秀的文字，為讀者們詮釋每一個故事。

在〈老人世界〉這篇作品裡，作者透過文中主角莊世義，以閩南語來抒發一個孤單寂寞的老年人當時的心境。

歹命神，哪有你們好福氣。「柴耙」七早八早跑去躲，留我孤單一個，年輕人又往外跑，攜眷在外築巢。我老了，不中用啦！這身夭壽骨頭，天熱受不了，天冷風濕痛，不知什麼時候要去見祖宗。少年苦沒家，年老苦沒伴，一日一日老，鬍鬚長到肚臍，白拚了！

從這小段中，我們清清楚楚地看到莊世義的的確確是一個「歹命神」。他老伴早逝，兒媳在外謀生，自己又一日一日地衰老，那身「夭壽骨頭」受不了季節的摧殘，時感不適。原以為苦了大半輩子，辛苦有了代價，結果遺留的只是孤寂的身影，不久即將到天堂見「祖公」，這輩子肯定是白拚了！

想當年，作者書寫此文時只是一個未婚少女，然而她卻能以自己敏銳的觀察力，復透過縝密的思維，刻劃出一個惶恐不安、不能揮去心中夢魘的老人心境。尤其是在那個鮮少有人把閩南語言融入小說創作的年代，作者卻能在文中運用自如。倘若對閩南俚語沒有一點概念的話，是難以把它貫串進去的。例如：「歹衫破褲爛草蓆」、「忍屎三畚箕、忍尿沒藥醫」、「壓頭翹尾、壓尾翹頭」、「少年昧曉想，吃老無成樣」、「好飯無密口，三頓吃乎飽」、「喉嚨張開開，五香滷肉來」、「鬍鬚不仁、貓面奸臣」、「生嘴講人、生身乎人講」、「嘴食要腹算」、「一塊疼、百塊憂」、「剃頭三日水，有風度、擱又角度」、「儉腸無人知、儉毛相削代，有錢無錢顧門面」……等等。

從〈老人世界〉中，我們可以看見熱心公益捐地拓寬路面的莊世義，一路相互扶持的陳朝水，而作者僅以「我欠你錢，你不催討，反而對我這麼好」短短的幾個字，來凸顯友情的馨香。「人生在世，過得好就好。百年之後，隨便他們啦！就憑他們的良心，看他們怎麼對待。再熱鬧，也只是擺門面給人看。」除了道出老人的心聲，也寫出人老不中用、準備任人擺布的無奈。當莊世義的兩個兒子攜家帶眷回來探望他而受到他的責罵時，兩個兒子都搬出一套理由來為自己辯護。而次子文善的良知並沒有完全被現實的環境蒙蔽，當莊世義提議要用田產抵押還債時，大兒子莊文良不說話，莊文善則說：「爸，別變賣祖產，欠多少我們來還。」此語一出的確讓莊世義相當的感動。莊文善建議要把年邁的父親接到台灣同住時，莊文良則說：「他若住你那裡，好處少不了你！」而一旦住莊文良那裡，不僅要增加他經濟上的負擔，老人家也不好伺候，他建議抽籤決定。最後經過父親的怒斥以及朝水叔的開導，莊文良終於羞紅著臉，帶著贖罪的心情，懺悔地說：「爸，不必抽籤，住我那裡好了。」〈老人世界〉可說是一篇高潮迭起又充滿著人性化的作品。

倘若以爾時那個民風保守的年代，〈輾過歲月的痕跡〉裡的洪梨芋和陳振坤是難容於這個社會的。作者以第三人稱的「有限全知觀點」，為讀者詮釋兩段情境迥然不同的故事。作者首先描述的是洪梨芋為了和陳振坤幽會，經過陳劉幸音的房間做開端，在尚未進入故事的情節時，就直截了當地把陳劉幸音介紹給讀者：

陳劉幸音，她十六歲嫁入陳家，冠上夫姓。生來一副孤苦相的她，臉頰瘦削、五官輪廓欠分明，額頭雖廣，細小皺紋卻多。眼角肉薄、目光無采，鼻樑不堅挺。閉口時，嘴巴合不攏，牙齒亦暴露在外。

而她的夫婿陳永記則是：

眉薄呈八字，皮膚既粗又黑，嘴亦有一點歪斜，走路更是彎腰駝背，一副頹廢喪志的樣子。

當他們新婚之夜看到彼此的長相後，雖然對於彼此的身分有些懷疑，但自古「龍配龍、鳳配鳳」已是不爭的事實，兩人只好坦然面對這段婚姻。即使婚後過著窮苦的日子，但陳劉幸音卻備受陳永記的疼惜，直到他因病臨終時還不忘提醒她：「不能因惡劣的環境、物資的誘惑而邪念叢生，要懂得潔身自愛的道理。」

相對地，洪梨芊這隻「豚母」，卻因為自己的淫蕩，背叛她的夫婿清團，並以金錢和物資去倒貼陳振坤那隻「土雞」。儘管每次幽會都必須經過陳劉幸音家的巷道，陳劉幸音也經常曉以大義，但那隻淫蕩的豚母則臉不紅、氣不喘，毫無羞恥心。我們請看作者是如何來詮釋這隻淫蕩的豚母：

——土雞的老婆內向又賢慧，從不給我壞臉色看。每次我去找土雞，她都主動幫忙把風，還遞毛巾、拿臉盆水。

——我這隻豚母，孵不出小雞，在找種。

——一個願打、一個願挨。我也沒有虧待他們，他家小孩多，我三不五時會送點東西給他們。

而當陳劉幸音開導她：

「既要獻身、又要給錢，人財兩失，妳划得來嗎？」

豚母則說：

「我歡喜、我願意！」

土雞發覺豚母的老公正想尋機來「抓猴」，以及自己良心的不安，復加陳劉幸音的規勸，有意和她了斷時，豚母則依然以金錢為誘因來討取他的歡心：

「我知道你最近手頭緊，今天賣了甘蔗，也賣了一些私貨，特地送錢過來。這是最後一次幫你，你倦了，還有成景、火爐他們，我不會寂寞的。」

見錢眼開的土雞從豚母手中接過那疊鈔票後，心頭一喜，又推翻了剛才的想法，猴急地說：「到裡邊去。」

豚母雖然以財物倒貼土雞、換取性的滿足，而當她耗盡家財想求助於他時，土雞則毫不留情地說：

「妳倒貼的男人不只我一個，為什麼不去找他們週轉？」

陳振坤和洪梨芊的姦情，雖然沒有被洪梨芊的丈夫識破，但卻被陳振坤的女兒陳美馨撞到。儘管女兒不屑地說：

「錢財有地方賺，名聲沒地方買！」

陳振坤則如此地回應女兒：

「妳老爸是男人，不會吃虧的！」

看完上述，我們可以清楚地發覺到，〈輾過歲月的痕跡〉它探討的似乎是人性與獸性之間的距離，也是一個活生生的社會和道德問題。陳永記與劉幸音是人性的象徵，陳振坤與洪梨芊則是獸性的代表。倘若小說必須有一個邏輯的結構，當陳美馨發覺父親背著母親私會別的女人而提出質疑和抗議時就該結束，把傳統的倫理道德以及是與非的空間留給讀者去想像。揚棄上述，這篇小說可說是全書寫得最成功的一篇，作者把它選為書題作品並非沒有理由。其他各篇雖然亦有可取之處，但畢竟與作者近期的作品不能同日而語。

讀完《輾過歲月的痕跡》這本書，總的說來雖然略顯生澀，但畢竟是寒玉小姐少女時期的作品，爾時她那份苦學的創作精神以及對文學的執著，確實是值得有志於文學創作的浯鄉子弟學習。況且，書中的每一篇作品都發表在「正氣副刊」上，已過了當年副刊主編博文先生的「火海」，亦禁得起讀者們的考驗，我們豈能再加以苛求。然而，歲月不僅能讓人成長，也會讓人蒼老，身為一個文學的熱愛者，更要把握住當下的每一個時光，寫出更多值得後代子孫傳誦的篇章。

現在，請容我引用已故文學大師朱西甯先生的一段話，做為對寒玉小姐的鼓勵和祝福——

小說藝術生命之境界，也是小說家所尋求的高點，在乎達至由靈性統合感性與理性的和諧，因之，小說所給予人生的貢獻，必是一種真知實感的智慧。

原載二〇〇八年八月六日《金門日報・浯江副刊》

本是同根生、花果兩相似
——張再勇《金廈風姿》跋

《金廈風姿》是大陸擁有「全國鄉村青年文化名人」榮銜的作家張再勇先生，繼《大嶝風情》與《翔安風采》後的第三本書。綜觀書中的五卷作品，除了以他最擅長的文史做主軸外，其筆觸更延伸到古典、現代以及海洋文學等多種文類的書寫。而且見解精闢、條理清暢、引證廣博、結構嚴密，對史料的蒐集亦頗具匠心。由此可見，作者不僅有深厚的國學造詣與文學素養，其展露出來的文采，成績更是斐然可觀。倘若以嚴謹的文學觀點而言，顯然地，《金廈風姿》可說是一本文史與文學相互交融的佳作，也由於它的出版，把作者在文壇的位階提昇到一個更高的層次。身為文學同好，的確與有榮焉。

《金廈風姿》由〈翔安賦〉與〈金門頌〉啟開它的序幕。張再勇只用短短的幾百個字，就把昔日的「狗屎埔」，今朝的「狀元地」——翔安，做最完美的詮釋。除了它週遭的景致與人文色彩外，更把古代與翔安有關的歷史人物，以及現代作家和詩人，以簡潔流暢卻深具意義的文字介紹給讀者。例如：朱紫陽過化，小盈嶺內同民安；林希元流風，大嶝島上七墩林；洪朝選愛鄉，紅磚古厝皇宮起；蘇廷玉禁毒，鰲石墨跡香萬古。武則蔡復一勛垂《明史》，張載復總兵金門，林君升提督四川，彭德清東艦司令；文則高雲覽《小城春秋》，魯藜《泥土》勝珍珠，辜鴻銘「文壇怪傑」，林巧稚「生命使者」……等等。而在〈金門頌〉裡則有「高粱釀美酒，彈砲鑄鋼刀」的佳句。其思維之慎密、運用之巧妙，讓人留下深刻的印象。

儘管張再勇的籍貫為金門縣，然則生於大嶝、長於大嶝，直到開放小三通後，始有機會踏上故鄉的土地。而對這個未曾謀面的島嶼卻一見如故，更有一份血濃於水的鄉土情懷。也因此而豐盈了他創作的內涵，並重新思考書寫的方向，除了金廈兩地共同的信仰與歷史人物的撰述外，卷三的「心隨書香共悠悠」更把中國四大古典文學名著：《三國演義》、《紅樓夢》、《西遊記》與《水滸傳》書中的妙處，摘錄其精華，為讀者做趣味性的導讀。

即使自古有：老不讀《三國》，少不讀《水滸》，男不讀《西遊記》，女不讀《紅樓夢》的說法。然而作者在詮釋這個議題時，或許自認為尚有求證的必要，於是他展露出謙卑的胸襟、不恥下問，終於蒙受前輩的指點而明瞭其中的意涵，並轉而告訴讀者們說：「《三國演義》的陰謀詭計可能導致老年人的老奸巨滑；《水滸傳》的刀槍棍棒容易激發年輕人的方剛血氣；《西遊記》的神魔鬼怪常常引誘男人走火入魔；《紅樓夢》的你情我愛引誘閨閣女子想入非非。」儘管只是簡短的解釋，卻能讓初接觸古典文學的讀者們，閱讀時多一番趣味和瞭解。

卷五的「山川鐘靈造化功」，作者則跳脫出一般文類的領域，進入到海洋文學的書寫，把金廈海域的三寶「中華白豚」、「中國鱟」、「文昌魚」的生活形態、活動範圍都做了最詳細的描述。甚至還在「文昌魚」這個篇章裡，穿插著一段傳奇的動人故事，讓整篇作品更有內涵、更具可看性。金廈海域能有如此珍貴的三寶，的確呼應了作者「金廈有幸，海域有福；是蒼天厚愛，是碧海悲憫」的話。試想，如果對海洋生態沒有一點概念和瞭解，勢必是難以把它書寫得那麼生動、活潑又傳神的。或許，這與作者得天獨厚的海島背景有密切的關聯，長年與島為友、與海為伴，小小的島嶼彷彿就是他的母親，久而久之就極其自然地與她衍生出一份難以割捨的臍帶關係。她似乎也是成就作者後續加入海洋文學創作的主因。

回顧兩岸近五十年的軍事對峙，金廈雖然近在咫尺，鄉親卻只能隔海相望、望洋興嘆。而今兩岸軍事已不再對峙，小三通的船隻已啟航，人民亦已開始互動；疼痛的歷史傷口也逐漸地癒合，當年撕裂的手足之情正在修補中，和平也是指日可待。作者除了語重心長地說：「歷史總是如此的愛開玩笑！」卻也衷心地祈禱、祈盼、祈望著：「讓今日的菜刀成為和平使者，讓兩岸化干戈為玉帛，永永遠遠……！」看完這段交織著理性與感性的文字，大凡有血性、有良知的中華兒女，想不感動也難啊！

張再勇曾任教職，復任職於廈門市翔安區委辦公室，並獲聘擔任金門縣政府縣政顧問，以及膺任福建省五緣文化研究會理事、姓氏源流研究會張氏委員會常務委員、廈門市閩南文化研究會理事、中華傳統研究會理事、翔安區民俗文化研究會副會長、知識青年發展論壇副秘書長……等職務。儘管這些榮銜有助於他對文史資料的蒐集和經驗的汲取，以及未來創作的方向和展望。但相對地，如果沒有付出辛勞的代價，焉能獲得甜蜜的果實。尤其是文壇這個現實的區塊，憑藉的是自身的真知灼見和真才實學，而非僥倖。

綜觀《金廈風姿》這本書，我們深深地感受到，無論從歷史的回顧或成長的軌跡，張再勇無不用嚴謹的筆調、優美的文辭、獨樹一格的書寫方式，來為讀者們做最完美的闡述。並充份地攫取文學書寫的要領與散文創作的神韻，把心中欲表達的意象，透過綿密的思維與敏銳的觀察盡情地發揮，讓讀者可以從他的作品裡，清楚地看到儒家的敦厚質樸和道家的自由自在，以及他對文學的堅持、對文史的執著、對兩岸人文歷史與自然生態的關懷！

原載二〇〇八年八月九日《金門日報·浯江副刊》

攀越文學的另一座高峰
——試論寒玉《島嶼記事》

《島嶼記事》是寒玉小姐的第四本書、第三本散文集。然而這本書則與先前出版的《心情點播站》、《女人話題》與《輾過歲月的痕跡》有所差別。蓋因前述三書均為新舊作品融合編輯而成，前後時間相距近二十年，新作的比例僅佔了三分之一。而《島嶼記事》卻是近一年多來的作品，從二〇〇八年二月〈陽光下的生命〉到二〇〇九年三月〈窗外人物速寫〉。以一個早年失學、婚後以相夫教子為重的家庭主婦而言，在短短的年餘，竟能書寫出十九篇、總字數高達十餘萬言的散文作品，不僅讓人刮目相看，更令人佩服她那份苦學的創作精神，以及對文學的熱愛和堅持。

從寒玉停筆十年後重新復出的創作過程中，我們可以發覺到她書寫的風格，已隨著年齡的增長與思想的成熟，擺脫掉年少時期不實際的虛幻和夢想，極其自然地進入到「寫實」的境界裡。在《島嶼記事》十九篇作品中，幾乎都與這塊土地有密切的關聯。即使金門只是一座蕞爾小島，但卻有其獨特的歷史文化和民情風俗，倘若沒有細心的觀察和綿密的思維，是難以把它描述得那麼生動感人的，由此可見作者所花費的苦心，絕非是庸俗的三言兩語可道盡。但是，為了忠於寫實，為了不違背自己的良知，當她把某些事實的真相透過文字呈現出來時，卻也經常為自己增添不少麻煩。因為置身在這個虛偽而不實的社會，少數缺乏人文素養與公德心的島民，他們要的是「褒」而非「貶」，一旦其醜陋的一面被揭露，勢必會老羞成怒，繼而引起他們的不快和憤激。儘管作者沒有指名道姓，但某些心裡有鬼的人，還是會心虛地去對號入座，而後再以惡言惡語或更激烈的言詞來羞辱她。對於那些措辭不當卻又失格失調的語言暴力，理應可以訴諸法律給他們一點顏色，別以為女性作家好欺。然而從側面上瞭解，作者還是展現其寬宏大量的胸襟，選擇原諒和包容，不與他們計較。而人的容忍度卻是有限的，但願那些走遍東西南北、輾轉落腳在這座島嶼的人士，多一點省思和覺悟，剷除那道不合時宜的族群藩籬，對這塊土地和她的子民多一些關愛，共同營造一個祥和富康的社會，方能得到島民的尊崇。

綜觀書中的十九篇作品，作者雖然是依發表的先後來編排，但似乎可以把它歸類成三輯。輯一為：〈陽光下的生命〉、〈路邊小故事〉、〈三月抒懷〉、〈島嶼記事〉、〈浯鄉見聞錄〉、〈浯島撿拾〉、〈門外世界〉、〈見聞〉與〈窗外人物速寫〉等九篇作品，總共分成九十九個小單元。而這些篇章，可說都是作者親身的觀察和體會，復透過文學之筆把它一點一滴、一字一句地記錄下來的。作者慎密的觀察、敏銳的思維，讓我們清楚地看到一個寫實作家心思細膩的一面。因限於篇幅不能一一加以剖析，請容我依序試舉兩例：

在〈陽光下的生命〉裡，她關懷的是一群患有憂鬱症的鄉親。不錯，社會是現實的，有身分、有地位的人自有其逢迎拍馬者，而他們是人，同樣地需要關懷、需要愛，但佇立在陰暗角落的那些孤單身影，又有多少人會去關懷他們、理會他們呢？因此，她們必須珍惜生命，必須自食其力始能活得有尊嚴，然後迎接光輝燦爛的明天。

〈路邊小故事〉是由三十則日常瑣事書寫而成，內容有啟發性亦有趣味性，有親情亦有友情，雖然每則只短短的幾百字，但卻言之有物，讓人讀後不會有不知所云的空洞感，頗有方塊文章的架勢。而文中最為人津津樂道的或許是第五則的「手相」，作者是偶然間看到平面媒體：「測字神準免付錢，看手相只要兩百元」的專訪報導，而興起了去看手相的念頭。現在我們且看作者是如何讓「算命仙」看手相的：

大師要我伸出手，左看看、右瞧瞧，手心、手背，一遍遍。右手看完換左手、左手看完換右手。放大鏡，仔細瞧，感情、生命、事業，講了老半天，不知所云？是我聽不懂，還是命理太深奧？

當作者的手被算命仙摸了半小時還不放時，為了要試探算命仙的「道行」，於是她靈機一動，竟鼓勵陪她前往的先生請他測字，反正測字不用錢，但算命仙卻堅持要幫他看手相。原以為先生的手也會被摸半小時，豈料兩三分鐘就解決了。當她把這件趣事說給一位男性友人聽時，友人曾開玩笑地要倒貼她兩百塊幫她看手相，作者始恍然大悟，原來她這個長歲數沒長智慧的大白痴，花錢請人吃豆腐而不自知！雖然這位從教職退休的算命仙已作古，作者把這段趣事訴諸於文字並非無的放矢或刻意地醜化，似乎有意警告世人要打破「窮算命，富燒香」的迷思。

輯二為：〈母親〉、〈烈嶼姑〉、〈婆與媳〉、〈拜拜〉與〈人生如戲〉等五篇。而在這五篇作品裡，作者幾乎把島上的婚嫁禮俗、殯葬禮儀和民間慶典，都融入文中的情節，試圖為後輩子孫做傳承。從廟內供奉的「聖侯恩主公」、「留府千歲」、「關聖帝君」、「天上聖母」，到作醮時的「起鼓」、「法奏」、「請神」、獻敬；從孩子「度晬」（週歲）的「抓周」（試兒）到訂婚時的「芋子芋孫」、「韭菜頭」、「犁頭銼」；從小殮時的請井神：「井神、井神，今仔日是阮阿嬤歸天之辰，請汝賜水予伊浴身」到出殯時的「大鑼」、「托燈」、「銘旌」等等，都為讀者做最詳細的解說。倘若對浯鄉之民間慶典與民情風俗沒有深入瞭解的話，勢必難以做如此完美的詮釋，作者之用心可見一斑。

值得一提的是〈烈嶼姑〉這篇作品，其他情節我們姑且不論，就讓讀者來欣賞烈嶼姑如何幫阿嬤梳頭髮的那一幕情景：

烈嶼姑輕輕地把阿嬤扶起，讓她靠在老式「眠床」的遮風板上，輕巧地取下她髮髻上的「珠針」、「銀簪」和「金釵」解開「網袋仔」和「辮索」的線縷，再把綰成髻的長髮鬆開，然後用半圓型的黑色「頭梳」，輕輕地一下下，把阿嬤散發著「地仔油」味的髮絲往後梳。不一會就把阿嬤散亂的髮絲梳齊了，然而黑色的頭梳卻纏著不少阿嬤脫落的華髮，果真歲月不饒人啊！烈嶼姑的內心，感到一絲兒悽涼又不捨的況味。

梳好阿嬤的頭髮後，烈嶼姑用那條毛線編成的「辮索」，緊緊地紮著阿嬤腦勺的髮絲，又把髮尾綰成髻，套上「網袋仔」綁緊線縷，然後插上「珠針」、「銀簪」和「金釵」，把阿嬤那份高雅端莊又慈祥的氣質呈現出來，讓阿嬤不適的身體，彷彿在驟然間復元了。

年輕一輩的朋友對這幕情景或許較陌生，因為他們的阿嬤可能都是上美容院燙頭髮、噴髮麗香的，體會不出爾時老阿嬤髮髻上「地仔油」的芬芳。然而若依作者的年齡而言，即使沒有親手為阿嬤梳過頭，親眼目睹或從老阿嬤口中得知的機緣並非沒有，要不，豈能把阿嬤梳頭的情態描述得那麼生動感人。尤其是阿嬤髮髻上那些「珠針」、「銀簪」、「金釵」、「瓣索」和「網袋仔」，如果缺少這方面的知識，是難以下筆的。一個寫實作家的可愛處，正因為她懂得去觀察、去領會、去深思，而後以流暢的筆觸，才能把未曾歷經過的情景，書寫得那麼真、那麼實，繼而地引起讀者的共鳴。這篇作品能得到「浯島文學獎」評審們的青睞，並非僥倖。筆者曾蒙受當屆複審委員的推派，為該文寫了一段評語：「金門雖然是一個蕞爾小島，但有其獨特的歷史文化與民情風俗。作者透過烈嶼姑這個角色，來詮釋逐漸式微的島嶼文化。無論題材的選擇或題旨的呈現都頗具匠心，亦同時融合著濃厚的鄉土色彩。即便該文取材自週遭的人、事、物，人物故事略顯平凡，但平凡人物的行為與思想，卻映現出許多偉大的情操。除了對人性有深刻地探討外，人物刻劃亦相當地細膩生動。尤其是烈嶼姑為阿嬤梳頭以及阿嬤往生時入殮、出殯等情景，寫來更是傳神逼真。該文故事完整、細膩溫婉，段落分明、結構嚴謹，閩南語用字正確、用法精準，是一篇可讀性甚高的作品。」

輯三為：〈鼠來也〉、〈期望社區更美好〉、〈徘徊花叢間〉、〈黑夜過後〉、〈君在何方〉等五篇作品。當我們讀到「新春第一砲，老鼠來報到！」短短的幾個字時，從腦中掠過的不僅僅是鼠年的來到，彷彿也見到一隻噁心的小老鼠佇立在我們跟前，因此，作者欲表達的時間和意象，就活生生地呈現在我們的眼簾。年輕時不覺得老鼠可怕的作者，曾經有來一隻抓一隻，來兩隻抓一雙的記錄，想不到有點年歲的此時，竟怕起老鼠來。而在鼠輩橫行的當下，卻也發覺到「睡到老公身邊較溫暖」與「一個家不能沒有男人」的真理。整篇作品寫來輕鬆活潑，並回顧到軍管時期賣「老鼠尾」與「麻雀腳」的趣事，讓我們有置身在那個年代之感。

整體說來，《島嶼記事》雖不是寒玉小姐的代表作，但卻是她心血的結晶。即便各家對文學有不同的詮釋和認定，然而，無論是生活週遭的日常瑣事，或是親身經歷和體驗，只要能透過文字書寫成章，復經過報刊主編的審閱予以刊載，我們便沒有否定的理由。君不見，在這個高學歷掛帥的社會，眼高手低的「膨風水雞」一大堆，因此，我始終認為：無論是任何一種文類，能書寫出來便是可貴的，復經時光的考驗，自然就有它存在的價值。倘若一味地自吹自擂、胡亂批評，自己又寫不出來，那又有什麼意義可言？這是某些「現代人」必須省思的。

最後請容我引用魏怡先生在〈散文魅力的探尋〉裡的一段話，做為對一個在文學園地裡踽踽獨行的寫實作家的祝福：

不論從散文漫長的發展過程來考察，還是從散文這種文體的美學屬性來考察，我以為，散文與詩、小說、戲劇相比，是最切近現實生活的一種文體。寫真人其事，不仰仗虛構，這是散文這一文體的突出特徵和魅力所在，也是區別於其他文學體裁的一個顯著標誌。作為一篇優秀的散文，其結構可以鬆散而不講究，文辭也可以隨便不典雅，但內容卻必須真實。

原載二〇〇九年二月二十三日《金門日報・浯江副刊》

為東門歷史作見證

——試論王振漢《東門傳奇》

繼《金門萬縷情》後，王振漢老師又推出他另一本新著《東門傳奇》。不可否認地，如以王老師出眾的才華、國文系所出身的背景，以及對文學的執著和熱愛，三年一本書似乎是少了一點。但若以「質」而言，我們不僅可以發覺到他下筆的嚴謹，遣詞用字的細膩和華麗，更能清楚地看到他愛鄉愛土，珍惜歷史文化資產的心志，因此，就不能在「量」的方面過於苛求。尤其《東門傳奇》這本書，它所涉及的是後浦東門這個區域的歷史文化，凡在書中出現的時空背景與人、事、物，都必須透過自己有限的記憶，復經細心地求證和領會，始能把它書寫成章，與一般文學創作是兩個截然不同的體系。作者除了把「東門境」的人文地理做最完整的詮釋外，也同時把它的空間聚落、發展變遷，為讀者們詳細地介紹，可說是一本文學與觀光導覽相融的作品，更是一本不可多得的文史佳作。

《東門傳奇》全書分為二十四個章節，而令人驚歎是在每一個章節裡，作者都各賦予一個典雅的篇名，譬如：〈代天巡狩、神威顯赫池王爺〉、〈五方佛祖、制風擋煞皇帝石〉、〈台閩古蹟、歷史建築石牌坊〉、〈三炷清香、暮鼓晨鐘靈濟寺〉、〈儒林輩出、主掌文運奎星爺〉、〈紅樓別影、中西合璧浪漫模範街〉、〈湖光山色、巍峨宮殿莒光樓〉……等等。甚至為了讓讀者能清楚地瞭解各景點的詳細位置，並在書中首頁附了「後浦四里區域圖」、「街道簡圖」、「東門里觀光導覽圖」，以及穿插於各章節的珍貴圖片二百五十餘張。儘管整本書是依東門的地理環境與書寫的順序來編排，但新舊時空交錯，代天巡狩與五方佛祖相輝映，台閩古蹟與湖光山色相映成趣，其活潑生動的內容，加上流暢的文筆、華麗的文辭，彷彿讓我們親歷其境、置身在東門的時光深邃裡。作者撰寫此書的用心可見一斑。

從書中顯示，民國初年的東門曾有上角、中角、下角之分，並分別由周永安、洪宜平、王文朝為首，三人在各自角頭各領風騷。而流傳中的「一周、二魏、三洪、四王」，也訴說著東門境內各宗族姓氏的勢力消長和聲勢地位。作者並透過詳實的資料，為讀者們解說東門各個年代的不同名稱以及其坐落與地界。也就是：乾隆、道光年間，東門一直屬於十九都後浦保，民國四年設縣後則屬於第一都下，民國二十四年實施地方自治劃後浦為第一區，民國二十五年重新整編保甲，東門為後浦第一區中保甲之一。民國三十四年光復後屬於珠浦鎮四十六保之一，民國三十八年屬第二民政處四區之一，民國三十九年鄉鎮改為區，保甲改為村里，始成為全縣五十三個村里之一。民國四十年又屬金城區，民國四十二年各區改為鄉鎮時則隸屬金城鎮管轄，自民國五十四年起迄今，東門一直成為金城鎮城區四里之一。而其坐落為坐北朝南的向陽聚落，東面與榜林、東洲、后垵相望，南面直達莒光樓……等林林總總，作者均原原本本為讀者做最詳盡的介紹，讓讀者對東門這個區域，以及其歷史淵源有更深一層的瞭解。

東門境的總面積雖然只有一一五點三公頃，人口不到五千人，但卻是一個人文薈萃、充滿著文化氣息的地方。除了民主殿堂縣議會外，尚有維護治安的警察局，供應民生水電的自來水廠與莒光發電廠，象徵金門標誌的莒光樓，以及古厝洋樓，古蹟牌坊和廟宇……等等。而市場的交易亦凌駕於其他三里，早期民族路的「東門菜市場」更是聞名全縣，作者以〈如海人潮、黃金東門菜市場〉與〈觀光客的最愛，大陸街聲名響亮〉兩個篇幅來介紹它並非沒有理由的。但是，隨著駐軍的精簡，隨著環境的變遷，東門菜市場的光環已不再。可是，當我們讀完上述兩章，從我們腦中掠過的，似乎不是市場的興衰，而是一頁活生生的庶民滄桑史。無論是代天府基金會的店屋，張氏代管的樓房，華僑陳瑞隆經營的飼料行，王氏族人捐獻的土地，東門浴室的興建與歇業，德成麵包店自創的「雞蛋椰子餅」，同裕慶和金門餅店的明爭暗鬥……等等，都做了極詳細的描述。倘若作者沒有縝密地去觀察、去領會東門的人文歷史，焉能如數家珍地把它呈現在讀者面前。尤其當我們看到爾時「陸海商行」的「陸海國仔」倒會的那幕情景，更是令人不勝唏噓，受害的鄉親可說不計其數，但又能奈何？而此時，許多善良的鄉親似乎還沒有學到教訓，殊不知部份「互助會」已變質，少數不講道義又缺乏誠信的不肖「會頭」，在有樣學樣的使然下，「倒會」事件依舊層出不窮。作者曾語重心長地說：

俗話說：被一塊石頭同時絆倒兩次的人，就是笨蛋。其實在社會中笨蛋何其多，人們永遠記不起他人的教訓，學不乖他人的慘痛經驗，只因為人性善良又健忘，加上眼界不高，不懂風險，及貪小便宜的作怪，終究貪小利蝕大本，血本無歸，又徒呼奈何呢？這也就是為什麼地區倒會事件層出不窮的原因了。而什麼時候人們才會真正的驚醒?或許,只要有人的社會,倒會事件將一再重演下去。

讀完這段充滿著無奈的言詞,除了讓我們感慨萬千外,彷彿也看到一則啟發人性的醒世箴言。冀望善良的鄉親往後能睜大眼睛慎選會頭,真正發揮「互助會」的功能,千萬別貪圖小利,以免讓那些心存不軌的不肖會頭得逞。

當我們進入到〈代天巡狩、神威顯赫池王爺〉這個篇章時,呈現在我們眼前的,並非只是單純的文史記錄,而是一篇文史與文學相融合的報導文學。根據統計,全縣的王爺廟約有五十七座之多,其中以新頭「伍德宮」所祀的「蘇王爺」及東門「代天府」的「池王爺」香火最為鼎盛。代天府建於明萬曆年間,居民也稱它為「王爺宮」,迄今已有四百餘年歷史,我們也可以由內殿一副楹聯略知它的淵源。

府中祀溫池共仰巍峨千歲殿
廟畔臨山海同霑嚇濯王爺宮

宮內雖然主祀「溫府王爺」、「金府王爺」和「池府王爺」，但池王爺之神駕威靈顯赫，素為善男信女所敬仰，或許與其文武兼備（文科中舉人，武科中進士），殉身救漳郡生靈有相當的關聯。因此在這個章節裡，卻也讓我們看到一個動人的傳奇故事——

相傳池王爺生於明萬曆三年，名然，字逢春，號德誠，文科中舉人，武科中進士，後調任漳州府道台時，在中途巧遇瘟神商議某日將毒放置在漳郡，池王爺知其為瘟神，於是就請觀其藥，因用智取瘟藥而吞食入肚中，頃刻毒發面黑而身亡，結果殉身而救漳郡生靈。後漳郡耆老於夢中得知，王爺並現身像於里社，後附人身而顯靈，鄉人受其仁德感動，於是為王爺塑像立祀，復獲玉帝敕封為「代天巡狩」……。

即使這則傳奇故事，輾轉傳述自福建同安馬巷伍甲尾的「元威殿」，亦有些微添飾的神話色彩，但它附會於史實則是無可置疑的。我們似乎也可以從它流傳的史話、建廟的年代、鼎盛的香火，來印證池王爺神威的顯赫。

在這個篇章中，除了代天府外，作者又把筆觸延伸到農曆四月十二日城隍遷治紀念日。初讀時或許會覺得作者把書寫範圍擴大到東門境之外，但細讀後卻讓我們明瞭到作者是以東門境「值爐」（俗稱做頭家）的出發點來敘述。當我們看到書中的圖片時，也彷彿看到一個浩浩蕩蕩、旗海飄揚、鑼鼓喧天、炮聲四起的遊行隊伍，以及一手持香，一手持「黑令旗」與「令劍」的「乩童」緊隨在「神輦」後的熱鬧場面。四月十二日後，緊接著是七月十七日東門普渡，無論是被尊稱為「普渡公」的「大士爺」或幫王爺宮「公普」的「囝仔桌」，協助祭拜「好兄弟」的「私普」，與「乞觀音」……等等，作者均能把它的來龍去脈做最完整的詮釋；甚至農曆七月十七日，東門普渡日應備的桌次地點亦有極其細微的描述。例如：「公普一桌，私普八桌；代天府廟內，坐座。代天府宮埕（囝仔普）、外菜市、巷仔內、模範街、巴剎、皇帝石、石坊腳、舊浴室邊、魚市場。旗旛三層，於迴龍宮旁。」倘若對民間信仰沒有一點概念的話，是難以把它書寫得那麼生動靈活的。

繼而地我們來看〈金門篩公店——道士館〉。在這個篇章裡，首先我們必須針對「篩公店」的「篩」字提出不同的看法，即使作者是以語音相同的國語「篩公」來取代閩南語的「師公」，然若依國立編譯館主編的《臺灣閩南語辭典》與一般《國語辭典》相對照，「篩」字的解釋都是有密孔的竹器，可以漏下細的、留下粗的，叫「篩子」。但「篩子」亦有大小之分，大一點的我們金門人稱它為「篩仔」，小一點、孔較密的為「篩斗」，篩子上的小孔則稱「篩斗目」。雖然我們知道作者的用意是取國語的「篩」音，以便於稱呼，但既然已有「師公」（道士）、「師姑」（道姑）、「師仔」（學徒）、「塗水師」（泥水匠）……等「師」字的用法，建議王老師，就讓「篩公店」回歸到「師公店」。雖然這只是筆者個人的看法，但當我們進入到正題時，的確不得不佩服作者撰寫此文的用心。放眼檯面上的文史工作者，以及地區所出版的各類文史書籍，幾乎未曾見到以「師公」或「師公店」為主題的任何文本，倘若說有，也只是點到而已，以專題來探討的或許只有王老師這一篇。即使「金門師公店」這篇文章不能稱為經典，但說它是浯島文史「師公篇」之先驅並無不妥。

「師公」對我們來說一點也不陌生，無論是宮廟作醮、宗祠奠安、農曆七月普渡、超渡唸誦經文……等，均可看到他們的身影。然而如果對「道教」之教義或所穿之道袍、頭冠沒有一點概念的話，「師公」與「法師」往往會讓我們混淆不清。原來師公在一日醮身穿的是繡有八卦之道服，二日醮以上則穿著絳衣（大服，又稱大印），所戴之頭冠又稱「正一」，可行醮事廟會與牽亡齋事功德法會等。而法師則是額戴幃帽，打赤腳，腰繫紅裙，僅能以醮事廟會為主，最多只能作二日醮，其地位遜於師公。在這個篇章中，作者不僅為我們介紹座落於東門民族路的「金門道士館」，也同時把金門在地的師公和法師，以及他們所屬的壇別一一為讀者介紹。例如：師公方面，金城陳仲莨「普照壇」、陳仲荊「集真壇」，金寧李雲標「玉堂壇」，金沙吳明湖「正一妙化壇」；法師方面，金城翁炳南「明法壇」，金寧陳梅濤「混元壇」，金湖陳金鑫「贊化雷壇」，烈嶼洪俊德「應玄壇」、陳通順「守玄壇」等等。而當我們讀完文中各節，卻也讓我們有如此的聯想：作者與陳仲莨道長絕非泛泛之交，要不，陳道長豈會輕易地把其遊三界（天界、水界、陰界）的事告訴他？甚至「在龍王的水仙宮，曾看到五尊龍王和千艘萬艘的龍船，陰府也遊過，天界只去過一部份就被神擋下來」的「天機」，毫不隱瞞地坦誠相告。君應知：「天機不可洩露」啊！

〈台閩古蹟、歷史建築石牌坊〉書寫的是一級古蹟「欽旌節孝坊」。眾所皆知，這座牌坊是表彰清朝建威將軍邱良功母親許氏含辛茹苦、守節撫孤的堅貞志節。作者在該文著墨最深的或許是整座牌坊的主體建築，以及施工時的情景；當然，還有隱藏在裡面的小故事，如果沒有透過作者的筆觸適時給予點出，絕對有許許多多人不知道牌坊上還有那麼多不欲人知的典故。而最為人稱道的或許是：

第二個頂檐上有一圖像，這是漢朝名相楊震，左邊有一人拿金元寶在賄賂他，以為沒人知道，楊震卻說有四人知道，那就是天知、地知、你知、我知。另一個圖案有兩隻羊，有人穿著匈奴的服裝，這就是蘇武牧羊。用楊震拒絕賄賂的畫與蘇武牧羊的畫，都有貞節的象徵意義，以此來凸顯邱母的節操。

文中尚提到石獅受到日月精華的照射，代表邱母許氏顯靈的傳說，以及神明、神輿遊街時必須繞道，不得從石坊下穿過，因為「欽旌節孝」是紀念女性的，而神明、菩薩豈可從婦女胯下經過。看完這一章，不管讀者作何解讀，但至少，它沒有背離史實，作者亦無杜撰的必要，其可貴處或許就在此。

當作者帶我們來到「靈濟寺」也是俗稱的「觀音亭」時，首先進入耳際的彷彿是那悠揚的梵音，而顯現在眼簾的則是線香裊裊的清煙。在〈三炷清香、暮鼓晨鐘靈濟寺〉這個單元，作者所花費的心思不亞於其他篇章，因為他已從「代天府」與「師公店」的「道教」世界，進入到「靈濟古寺」的「佛教」領域裡。觀音亭主祀的除了「觀世音菩薩」外，尚有守護神「韋馱菩薩」、「伽藍勝尊」，以及「善財童子」、「龍女」和「彌勒佛」，陪祀在兩旁的則是「十八羅漢」。或許，十八羅漢對一般信眾來說並不陌生，但能夠把祂們的稱謂全部記下來或唸出口的可能不多。有關羅漢的說法，坊間也有不同的版本，其命名亦有所不同，作者是根據靈濟寺住持惟德老和尚的說辭加以記錄的。為了加深讀者的印象以及印證不同的命名，確有加以對照的必要。觀音亭的十八羅漢分別是：

跋陀羅尊者、賓渡羅拔羅隨闍尊者、伐闍羅佛多尊者、注荼半迦尊者、達摩尊者、迦里迦尊者、理不動尊者、誌公禪師、伐那婆斯尊者、得佛智尊者、梁武帝、因揭陀尊者、那提迦葉尊者、阿氏多尊者、迦羅伐嗟尊者、那迦犀那尊者、巴沽拉尊者、半托迦尊者。

筆者為了印證不同的命名版本，曾請教新市里「護國寺」俗稱「佛祖宮」的釋自信法師。據法師相告，佛祖宮的十八羅漢為：

老僧尊者、不求尊者、進果尊者、誌公尊者、開心尊者、戲獅尊者、飛鉢尊者、達摩尊者、長眉尊者、進燈尊者、目蓮尊者、布袋尊者、進花尊者、觀經尊者、伏虎尊者、降龍尊者、進香尊者、梁帝尊者。

為了慎重起見，又請友人把「海印寺」十八羅漢的名稱抄錄如下：

賓度羅跋墮闍尊者、迦諾迦跋釐墮闍尊者、注荼半託迦尊者、羅怙羅尊者、戌博迦尊者、因揭陀尊者、阿氏多尊者、伐羅婆斯尊者、蘇頻陀尊者、龍武尊者、半託迦尊者、誌公尊者、迦諾迦伐蹉尊者、跋陀羅尊者、那伽犀那尊者、迦理迦尊者、代闍那弗羅尊者、諾距羅尊者。

由此可見，東門境的靈濟寺、新市里的護國寺，以及太武山的海印寺，雖然同在一個島嶼，其十八羅漢的命名，不知何故竟有明顯的差異，只有待方家來解釋了。然而在該章裡，除了觀音大士與十八羅漢外，作者對靈濟古寺在不同年代發生的不同事端和傳說，也為讀者作了鉅細靡遺的詮釋；對惟德老和尚的生平軼事亦有不少的著墨，確實已盡到一個文史作家應有的職責。從作者訂定的篇目中，我們似乎也可以發現到，他欲表達的並非只是單一的景物或事項。譬如：〈代天巡狩、神威顯赫池王爺〉裡的「東門社區發展協會」；〈三炷清香、暮鼓晨鐘靈濟寺〉裡的「泉發汽水廠」；〈儒林輩出、主掌文運奎星爺〉裡的「陳詩吟洋樓」與「王氏洋樓」，作者均運用其巧妙的書寫手法，把週遭的景物穿插其中，如此更能凸顯出多元的歷史文化。

總括說來，《東門傳奇》是一本深具水準與可看性相當高的作品，筆者雖然不能針對書中的每一篇文章一一加以介紹和分析，但作者把後浦東門最重要的人文歷史融入其中已是不爭的事實。誠然它不是一本曠世之作，亦非王振漢老師最滿意的作品，然而，王老師所投入的時間、精神與花費的心血，則是有目共睹的。讀者們若想更深一層瞭解後浦東門的歷史文化，若想到人文薈萃、景致怡人的東門作客，一旦看完《東門傳奇》這本融合著文學、文史與觀光導覽的書，絕對能滿足諸君的欲望。

王振漢老師早年曾以「震撼」與「山農」筆名發表作品，書寫的文別大抵有「金門憶舊」、「感恩的故事」、「地方傳奇」、「咱的俗語話」等等。其用意或許是試圖透過他的作品，來喚醒鄉親共同的記憶，重溫往日馨香馥郁的島嶼之夢。王老師畢業於師大國文系，又在國研所暑修，復獲銘傳大學碩士學位，現任金城國中教師，是名符其實的科班出身，也是浯島文壇的佼佼者。他思維縝密、學有專精，見聞廣博、文筆流暢，因而更豐富他作品的內涵，讓人留下深刻的印象。王老師前曾以〈鳶飛月窟地，魚躍海中天〉榮獲金門地區第二屆文藝金像獎散文類最高獎項。其作品〈送菜的日子〉、〈烏鐵的傳奇〉、〈記憶中的兒童橋〉在《浯江副刊》刊載時，亦曾引起廣大讀者的共鳴和回響。倘若以嚴肅的文學觀點而言，王老師的第一本書《金門萬縷情》偏重於感恩、回顧與童年往事的書寫，除了鋪陳一股濃濃的鄉土情懷外，亦是一本充滿著感性的文學佳作。而《東門傳奇》這本書，並非用「傳奇」兩字即可涵蓋整個文本的，從該書的架構與內容觀之，如果說王振漢老師是以他嚴謹的文學之筆，為後浦東門寫歷史並不為過。因此我們認為《東門傳奇》這本書的出版，必有它存在與流傳的普世價值。

原載二〇〇九年四月四、五日《金門日報・浯江副刊》

默默耕耘的園丁
——試論林怡種《金門奇人軼事》

《金門奇人軼事》是作家林怡種先生的第七本著作。然而，這本書卻有別於他先前所出版的「根本真情系列」作品，以及任職於《金門日報》總編輯期間撰寫的「浯江夜話」、「社論」和報導，其筆觸已深入到浯鄉文史資料的蒐集與傳奇人物故事的書寫。作者不僅掌握住文史書寫的要領，融合文學創作的要旨，更以報導文學的磅礴氣勢和嚴謹之筆，透過縝密的思維與細心的觀察，復以華麗典雅的詞藻為讀者們介紹浯鄉十位「奇人軼事」。文中無論遣詞用字或人物故事的描述，均有其獨到的一面。讀者們看到的，彷彿不只是單一的「奇人軼事」或繁複的「傳說故事」，而是文史與文學並兼容並蓄的不朽之作。非僅讓人有耳目一新之感，更可從他粲然的字裡行間，明瞭這塊土地的人文歷史。

大凡生長在這個島嶼、以及對這塊土地有深入瞭解的專家學者或過客都知道，金門民間附會於史實並流傳千古的傳奇故事可說不勝枚舉。然其情節則是眾說紛紜，加上古籍深奧難懂，又缺乏有利的史籍資料可佐證，文史工作者更不能憑空杜撰，故而非但不能廣為流傳，甚至還有被荒廢和流失的可能。果真如此的話，不僅是我們這一代的不幸，亦是後代子孫的不幸。

因此，基於知識份子的使命感，作者曾利用公餘走訪島上無數個村落，親耳聆聽耆老說故事，復又親自跨海到對岸探尋相關人物的史蹟文物，試圖以淺顯、通俗的文字，為浯島奇人軼事作紀錄。讓旅居海內外鄉親，以及兩岸三地同胞，能更深一層地瞭解金門的歷史文化與風土民情。即使各篇時空不一，人物背景不同，但無論從明清或民國，古代或近代，作者均能抓住重點、摘其精華，為讀者作最詳細、最完美的詮釋；並有一百七十餘張彩色圖片穿插其中加以佐證，故而我們敢於肯定：《金門奇人軼事》是一本圖文並茂、可讀性甚高的文史佳作。

全書分為十個獨立的單元，古代與近代各五篇。雖然作者是依書寫的先後順序來編排書目，但為了便於分析，筆者不得不把它區分成兩個類別。其一為明清時期的「古代篇」：〈挽瓜揪藤——探花宰相林釬傳奇〉、〈異相奇人蔡復一〉、〈小徑村的傳說〉、〈開科第一——陳顯傳奇〉、〈金門第一才子許獬〉等。其二為民國後的「近代篇」：〈陳景蘭建樓興學傳奇〉、〈抗日英雄黃世澤——諜報工作話當年〉、〈有肚量、有福氣的王國珍〉、〈雙落厝的傳說〉、〈壯丁林永輝出征的悲歌〉等五篇。

在〈挽瓜揪藤〉這個篇章裡，作者所花費的心思和精神的確非筆墨所能形容。儘管它不是書題作品，全文亦只短短的六千餘字，但卻是最為傳神的一篇。文中不但融合著好幾個精彩動人的傳奇故事，更把「挽瓜揪藤」的典故，活生生地呈現在讀者面前。此時，我們姑且不必去管探花宰相林釬的傳奇故事有幾種版本，然則經過作者跨海求證與史料對比的結果，「東閣大學士」——亦即「一人之下，萬人之上」的探花宰相——林釬是金門后壟人已是不爭的事實。作者並透過該村耆老林再註先生為讀者講述林釬的身世故事。雖然時隔三百多年，但在口耳相傳下，林老先生依然能憑藉著自己的記憶，把故事的來龍去脈做最完整的敘述。復經作者以其生動的文筆、華麗的文詞，來詮釋這段感人肺腑的傳奇故事，不僅讓人留下深刻的印象，更是一篇不可多得的文史作品。

〈異相奇人蔡復一〉作者雖然提出三個不同版本，但卻離不開「一目觀天斗，孤腳跳龍門，龜蓋朝天子，麻面滿天星」的說法。甚至在這短短的二十個字裡，非但是蔡復一最好的描述，也同時忠告世人不可貌相。關於蔡復一的傳奇故事，筆者曾拜讀過洪春柳老師〈七鶴戲水的故事〉以及大陸作家張再勇〈撫劍鎮太平，舉筆安天下——兵部尚書蔡復一〉等作品。兩岸作家書寫的方式雖然有異曲同工之處，但林怡種先生的〈異相奇人蔡復一〉則多了十餘張珍貴的佐證圖片。並親自走訪古老的蔡厝村落，企圖從亂繭中抽出源頭，尋找傳奇故事的真相，再佐以史籍文獻，以免犯下以訛傳訛的大忌。而非只靠那些輾轉傳述、略帶神話的野史揮灑成章的，確實已盡到了一個文史工作者的職責。

〈小徑村的傳說〉敘述的是戰功彪炳的武將李光顯和邱良功表兄弟的故事。作者除了告訴我們兩則先賢的軼事外，也同時針對小徑村之前的地名作了極詳細的詮說。倘若不是他親訪九十四歲高齡的小徑耆老，而轉換成文字訴諸筆端，又有多少人知道「大徑變小徑」的由來。〈開科第一——陳顯傳奇〉的「夏興」與「下坑」亦有同樣的情形。即使上述三個故事，多數鄉親均耳熟能詳，但作者除了親赴各地做訪談外，並與史料相印證，重新賦予文字新生命，把三位先賢的生平軼事發揮得淋漓盡致。復又以其新聞專業素養，把兩個村落的週遭環境和時代變遷一併為讀者介紹，這似乎也是一般文史工作者少見的現象。由此我們可以清楚地發覺到，作者撰寫此文的用心。

有「天下第一勢，許獬進士頭」、「文章許鍾斗，品德黃逸叟」之稱的許獬，作者在這一章裡，看不出有任何理論性的論述，純粹以通俗易懂的白話文類，有條不紊地為讀者詳述先賢的生平軼事。即使作者是參考其著作與史籍資料以及相關報導書寫而成，但畢竟歷史真相只有一個，不容竄改或捏造。故而我們從整篇文章中，可以看到作者下筆的嚴謹，除了筆鋒銳利、言之有物外，讀來並不生硬。似乎試圖以通俗的口語來取悅讀者，讓人有一口氣想把它讀完的衝動。

尤其是十則詼諧的短文，無論是「載載載童生，朝朝朝天子」、「狀元阮毌知，會元荷包內」或「日日冬至，夜夜元宵」，均讓人讀後有愛不釋手之感。當然最為傳神的是「夜宿安溪，楹聯塗鴉」裡，以「臭猴死猴安溪猴猴罵豬哥豬哥罵猴」來對該祠「文士武士天下士士敬君子君子敬士」之楹聯，以報復安溪某宗祠族裔嘲諷金門學子「書讀佇胛脊」的無禮行為。由此更可凸顯金門第一才子許獬，除了自幼天資聰穎活潑外，且又調皮詼諧機警。

讀完先賢的傳奇軼事，依次進入「近代篇」〈陳景蘭建樓興學傳奇〉的故事裡。其建樓興辦「尚卿小學」之善行，可與碧山華僑陳睿友捐款興建「睿友學校」、供該村及鄰近村落學童就讀之善舉相媲美。作者在尚未進入主題時，毋忘先把這個被譽為「海上仙洲」的島嶼歷史和地理做一番介紹，復始為讀者講述陳景蘭先生的出洋史，以及「景蘭山莊」的興建過程、洋樓的興衰與運用。無論是日據時期的「警察大隊部」，國軍撤退來金的「五十三醫院」，九三砲戰期間的「金門中學」，八二三砲戰過後的「官兵休假中心」，抑或是青年救國團舉辦的「金門戰鬥營」等等，作者均能掌握住文史書寫的要領，為讀者做最詳細的解說。陳景蘭洋樓的興建，可說是華僑在外創業有成，回饋鄉里的典範。而建樓時景蘭先生年僅三十六歲，更是現時青年必須效法的典型人物。該篇不僅只是陳景蘭建樓興學的傳奇故事，也是昔日陳坑漁村的一頁滄桑史，值得讀者細細的品嚐。

〈有肚量、有福氣的王國珍〉同樣是一頁華僑奮鬥史，其後裔是資助國父孫中山先生革命，建立中華民國的旅日僑商王敬祥先生。作者欲詮說的並非只是王國珍興建「十八間」閩南傳統古厝的聲名。「落番客」的「六在、三亡、一回頭」的辛酸淚，似乎也是整篇文章欲表達的重點之一。

即便像王國珍有如此際遇的人並不多，但如果沒有他展現其寬宏大量，讓一個上門求助的不速之客渡過一個溫暖的寒夜，所有的機會勢必擦身而過。而又有誰會想到，這位素昧平生的陌生客，竟是從大陸東北遠來日本推銷五穀雜糧的同胞。往後兩人不僅成為莫逆之交，也是商場上的好伙伴，王國珍在日本的事業版圖，亦由此開始。當他事業有成時，卻不忘出資返鄉蓋屋建學堂，讓族人有屋住，子弟有讀書的地方。

當我們讀完整個章節時，卻也發現到部份文史工作者，無論是書寫「民俗文化村」或是王國珍的奮鬥史，凸顯的幾乎都是他的後裔王敬祥如何資助國父孫中山先生革命，而卻忽略了王國珍誠懇待人的「度量」，以及他不隨同鄉一窩蜂赴南洋，隻身前往日本謀生的遠見。作者除了在文中詳述原由外，他的事業能因此大展鴻圖，也應了浯鄉「有量才有福」的俗話。這則鮮少人知的小故事，絕非是作者憑空杜撰，而是透過其後裔與耆老的口述，做成詳實的紀錄，讓讀者能更深一層地感受到〈有肚量、有福氣的王國珍〉隻身遠赴東洋奮鬥的辛酸史。

〈雙落厝的傳說〉其故事背景為臨海的一個小村落——洋山。文中的「槍樓」和「強擯」對年輕一輩的讀者來說可能較陌生。作者告訴我們說：

> 所謂「槍樓」，就是為防範海盜入侵，在制高點構建一幢高樓，四面堅厚牆壁及頂樓女兒牆者設置槍枝射口，易於監控海面或要道，當海賊來襲

時，守衛的哨兵在槍樓居高臨下，以火力對付海盜。而「強損」就是來打家劫舍的「強盜」，係來自大陸內地，行搶之前，通常都會先派出「探子」裝扮成小販，遊走各村落觀察地形地物，蒐集有錢人家屋內陳設，以利賊頭進行打家劫舍。

從整個架構而言，「雙落厝」那對王姓老夫婦遭受「強損」的洗劫，似乎不是傳說，而是發生在那個兵馬倥傯年代，一個真實的故事。試想，一幢耀眼奪目、美倫美奐剛落成不久的雙落厝，裡面住的又是一對返鄉定居的「番客」夫婦，「強損」不找上門打劫才怪！王姓老夫婦雖然幸運地保住性命，但卻已「驚破膽」，在不得已的情況下，不得不再度「落番」，留下大門深鎖的雙落厝和一個傳說故事。而這個故事發生的地點，正好是作者的家鄉，即使年代已久遠，但作者卻多次親訪村中耆老，並從他們身上獲得第一手口述資料，因此寫來更加傳神生動。看完整篇作品，我們不得不佩服作者的用心，且也讓我們有置身在那個年代之感。

進入〈抗日英雄黃世澤——諜報工作話當年〉這個篇章時，作者依然以他一貫的書寫方式，把昔日鹽村西園的歷史，透過他的文學之筆，鉅細靡遺地為讀者們做介紹。尤其是西園鹽場的興衰史，可說與他欲敘述的抗日英雄黃世澤老先生、殺敵的故事平分秋色。無論從西園鹽場的歷史層面，或黃世澤個人從事諜報工作的事蹟，都有密切的連貫性，並與他華麗的文詞相得益彰。

然而，當我們看到書中「西園抗日紀念碑」的圖片，再詳閱「西園抗日烈士英雄事略」一時，卻是悲從心中來。即使這段歷史只歷經過短短的七十餘個寒暑，但似乎已從島民的記憶中逐漸地淡忘。倘若文史工作者不針對少數幾位碩果僅存的抗日英雄加以訪談復做成紀錄，當他們走完人生的旅程，當紀念碑文歷經歲月的風化而腐蝕，或許，這段歷史勢必會被人們忘得一乾二淨。作者在公餘能親臨鹽村，走訪當年「復土救鄉團」的重要成員之一、高齡八十七歲的黃世澤老先生，並把英雄殺敵的驚險故事一點一滴地書寫成章，除了為金門子弟抗日殺敵的歷史作見證外，也同時把這段可歌可泣的真實故事，留傳給我們的後代子孫。其用心之良苦可見一斑。

「抽壯丁」這三個字，對老一輩的島民來說，就如同夢魘一般，它也是爾時浯島青年難以接受卻必須承受的宿命。在〈壯丁林永輝出征的悲歌〉這一章裡，作者簡短地敘述後，就把「抽壯丁」的原委，毫不隱瞞地為讀者作詮說。林永輝在沒有能力雇傭頂替下，只好跟隨其他被抽中的壯丁遠赴內地，編入國軍第七十師，穿起草鞋，配發七九步槍打內戰，與現在的「從軍報國」是兩個截然不同的情景。林永輝民國三十五年離家，四十餘年後始透過紅十字會的協助，從廈門搭機繞道香港經台北回到金門。而當他回到闊別四十三年故鄉時，昔日的紅磚瓦厝已毀於砲火，雙親已歸隱道山，妻子亦已改嫁。尚未回來之前他是有家歸不得，如今回來了卻是無家可歸。

看完整個故事，想不令人鼻酸也難啊。倘若不是該文在《金門報導》刊載而引起層峰的關注，並指示退輔會協助申辦榮民安養，林永輝後續的人生歲月，勢必更坎坷。不久，林永輝終於住進「養護之家」頤養天年，雖然作者不敢居功，但卻已發揮作家與文史工作者雙重身分的影響力，做了一件深具意義的事。

綜觀上述，《金門奇人軼事》可說是一本古今相融的作品，也是林怡種先生另一種風格的展現。「古代篇」篇篇都是精彩的傳奇故事，先賢的品德操守、為人處世，更是後人應該學習的榜樣。「近代篇」有華僑在外奮鬥史與捐資興學築屋的善行義舉；有「復土救鄉團」抗日殺敵的真實故事；有壯丁為國去征戰、垂暮返鄉無家可歸的大時代悲劇。全書雖然只有六萬餘言，但卻有一百七十餘張佐證圖片，讓讀者能更深一層去體會書中欲表達的意象是什麼。

儘管有部份篇章數年前即已寫就，但作者卻不斷地求證和修改。誠然，文史書寫與文學創作是有其差異性的，《金門奇人軼事》雖是林怡種先生的第一本文史書籍，然其花費的心思不亞於文學創作，甚至有過之而無不及。他曾利用餘暇親赴對岸，透過媒體多方求證，窮十餘年工夫始把這本書定稿。其慎重的態度，力求完美的堅持，嚴厲的自我要求，不僅令人佩服，也讓這本書更完美、更具可讀性。相信《金門奇人軼事》這本書的出版，除了為浯鄉留下彌足珍貴的文史紀錄外，亦有助於海內外鄉親和讀者，對金門這座島嶼的人文歷史與民情風俗多一番瞭解。

林怡種先生從事文學創作近三十年，較常用的筆名為「根本」，長期以來秉持著對文學的熱衷，默默地在這塊歷經砲火蹂躪過的文學園地耕耘。怡種先生的作品，除了一九八八年由台北錦冠出版社出版散文集《拾血蚶的少年》外，二〇〇七年更由台北秀威資訊公司出版《人間有情》、《天公疼戇人》、《心寬路更廣》、《心中一把尺》等「根本真情系列」作品一套四冊。復於二〇〇八年出版《走過烽火歲月》散文集，《拾血蚶的少年》同時修訂再版。由此我們也可以看出他對文學的執著和堅持，以及豐碩的創作成果。其默默耕耘的園丁精神，更值得後進學習。

總的說來，《金門奇人軼事》的出版，除了為浯鄉留下一段重要的文史紀錄外，對生長在這個島嶼的青年學子亦有不眥的啟發作用。因為這塊土地有獨特的歷史文化與風土民情，尚有許多先賢先輩的豐功偉績或傳奇軼事，正等待有心人士來書寫。純樸善良的島民，走過困苦貧窮的年代與戰爭悲情歲月，一頁頁活生生的血淚史，何嘗不也在等待像林怡種先生這種思維縝密、條理分明、博學多聞的作家來紀錄。

二〇〇九年四月於金門新市里

作者年表

一九四六年　八月生於金門碧山。

一九六一年　六月讀完金門中學初中一年級因家貧輟學。

一九六三年　一月任金防部福利單位雇員，暇時在「明德圖書館」苦學自修。

一九六六年　三月首篇散文作品〈另外一個頭〉載於《金門正氣中華報・正氣副刊》。

一九六八年　二月參加救國團舉辦「金門冬令文藝研習營」。

一九七二年　五月由金防部福利單位會計晉升經理，並在政五組兼辦防區福利業務。六月臺北林白出版社出版文集《寄給異鄉的女孩》，八月再版。

一九七三年　二月長篇小說《螢》載於《金門正氣中華報．正氣副刊》。五月由台北林白版社出版發行。七月與友人創辦《金門文藝》季刊，擔任發行人兼社長，撰寫發刊詞，主編創刊號。九月行政院新聞局以局版臺誌字第〇〇四九號核發金門地區第一張雜誌登記證，時局長為錢復先生。

一九七四年　六月自金防部福利單位離職，輟筆，經營「長春書店」。

一九七九年　一月《金門文藝》革新一期由旅臺大專青年黃克全等接辦，仍擔任發行人。

一九九五年　創作空白期（一九七四年至一九九五年），長達二十餘年。

一九九六年　七月復出。新詩〈走過天安門廣場〉載於《金門日報・浯江副刊》。八月散文〈江水悠悠江水長〉載於《青年日報副刊》。九月短篇小說〈再見海南島・海南島再見〉載於《金門日報・浯江副刊》。

一九九七年　一月由臺北大展出版社出版發行三書：《寄給異鄉的女孩》增訂三版。《螢》再版。《再見海南島　海南島再見》初版。三月長篇小說《失去的春天》載於《金門日報・浯江副刊》，七月由臺北大展出版社出版發行。

一九九八年　一月中篇小說《秋蓮》上卷〈再會吧，安平〉，五月下卷〈迢遙浯鄉路〉均載於《金門日報・浯江副刊》。八月由臺北大展出版社出版發行三書：《秋蓮》中篇小說，《同賞窗外風和雨》散文集，《陳長慶作品評論集》艾翎編。

一九九九年　十月散文集《何日再見西湖水》由臺北大展出版社出版發行。

二〇〇〇年

五月金門縣寫作協會「讀書會」假縣立文化中心舉辦《失去的春天》研讀討論會，作者以〈燦爛五月天〉親自導讀。十月長篇小說《午夜吹笛人》載於《金門日報・浯江副刊》，十二月由臺北大展出版社出版發行。

二〇〇一年

四月〈今年的春天哪會這呢寒——咱的故鄉咱的詩〉，十二月中篇小說《春花》均載於《金門日報・浯江副刊》。

二〇〇二年

三月中篇小說《春花》由臺北大展出版社出版發行。五月中篇小說《冬嬌姨》載於《金門日報・浯江副刊》，八月由臺北大展出版社出版發行。十二月由國立高雄應用科技大學金門分部觀光系主辦，行政院文建會及金門縣政府協辦之【碧山的呼喚】系列活動，作者親自朗誦閩南語詩作：〈阮的家鄉是碧山〉為活動揭開序幕。散文集《木棉花落花又開》由臺北大展出版社出版發行。

二〇〇三年

五月中篇小說《夏明珠》載於《金門日報・浯江副刊》，十月由臺北大展出版社出版發行。同月長篇小說《烽火兒女情》脫稿，廿六日起載於《金門日報・浯江副刊》。十一月長篇小說《失去的春天》由金門縣政府列入《金門文學叢刊》第一輯，並由臺北聯經出版公司出版發行。十二月〈咱的故鄉　咱的詩〉七帖，由金門縣文化中心編入《金門新詩選集》出版發行。其詩誠如國立台灣藝術大學副教授詩人張國治所言：「他植根於對時局的感受，對家鄉政治環境的變遷，世風流俗的易變，人心不古，戰火悲傷命運的淡化等子題觀注，……選擇這種分行，類對句……、俗諺，類老者口述，叮嚀，類台語老歌，類台語詩的文類……鋪陳一股濃濃的鄉土情懷。」

二〇〇四年　三月長篇小說《烽火兒女情》由臺北大展出版社出版發行。八月長篇小說《日落馬山》脫稿，九月五日起載於《金門日報・浯江副刊》。

二〇〇五年　元月〈歷史不容扭曲，史實不容誤導——「走過烽火歲月的金門特約茶室」一〉脫稿，廿三日起載於《金門日報・浯江副刊》。二月長篇小說《日落馬山》由台北大展出版社出版發行。三月散文集《時光已走遠》由金門縣文化局贊助，台北大展出版社出版發行。四月短篇小說〈將軍與蓬萊米〉脫稿，廿七日起載於《金門日報・浯江副刊》。七月中篇小說〈老毛〉脫稿，十日起載於《金門日報・浯江副刊》。八月《走過烽火歲月的金門特約茶室》獲行政院文建會、福建省政府、金酒實業（股）公司贊助，十一月由台北大展出版社出版發行。金門縣鄉土文化建設促進會並於同月二十六日為作者舉辦新書發表會。二十九日《聯合報》以半版之篇幅詳加報導，撰文者為資深記者李木隆先生。

二〇〇六年

一月〈關於軍中樂園〉載於《中國時報・人間副刊》。三月五日當選金門縣采風文化發展協會第三屆理事長。二十日長篇小說《小美人》載於《金門日報・浯江副刊》。六月《陳長慶作品集》（一九九六—二〇〇五）全套十冊（散文卷二冊，小說卷七冊，別卷一冊）由台北秀威資訊科技公司出版發行。八月長篇小說《小美人》亦由台北秀威資訊科技公司出版發行。十一月長篇小說《李家秀秀》脫稿，十二月一日起載於《金門日報・

二〇〇七年

浯江副刊》。同月《金門特約茶室》由金門縣文化局出版發行。該書出版後，除「東森」、「三立」、「中天」、「名城」……等多家電子媒體，針對「金門軍中特約茶室」之議題，專訪作者詳予報導外，亦有部分平面媒體深入報導。計有：二〇〇七年一月十八日，《金門日報》記者陳麗妤專訪報導（刊於地方新聞版）。一月二十日，廈門《海峽導報》記者林連金報導（刊於金門新聞版）。二月十一日，台北《蘋果日報》記者洪哲政報導（刊於A2要聞版）。三月十二日，台北《第一手報導雜誌社》記者蕭銘國專題報導（刊於五二七期社會新聞五六—五八頁）。

六月長篇小說《李家秀秀》由台北秀威資訊科技公司出版發行。《金門特約茶室》再版二刷。八月散文〈風雨飄搖寄詩人〉載於《金門日報・浯江副刊》。十月長篇小說《歹命人生》脫稿，廿一日起載於《金門日報・浯江副刊》。同年並相繼完成：〈風格與品味——試論林怡種的《天公疼憨人》〉、〈永不矯揉造作的筆耕者——試論寒玉的《女人話題》〉、〈省悟與感恩——試論陳順德《永恆的生命》〉等三篇評論，分別刊載於《金門日報・浯江副刊》。

二〇〇八年

六月長篇小說《歹命人生》由台北秀威資訊科技公司出版發行。八月長篇小說《西天殘霞》脫稿，九月一日起載於《金門日報・浯江副刊》。並相繼完成：〈藝術心・文學情——試論洪明燦《藝海騰波》〉、〈走過青澀的時光歲月——試論寒玉《輾過歲月的痕跡》〉、〈以自然為師——試論洪明標《金門寫生行旅》〉、〈本是同根生　花果兩相似——張再勇《金廈風姿》〉跋等四篇評論，均分別刊載於《金門日報・浯江副刊》。

二〇〇九年

二月評論〈攀越文學的另一座高峰——試論寒玉《島嶼記事》〉，三月散文〈太湖春色〉，四月評論〈為東門歷史作見證——試論王振漢《東門傳奇》〉均分別刊載於《金門日報・浯江副刊》。長篇小說《西天殘霞》由台北秀威資訊科技公司出版發行。六月評論《攀越文學的另一座高峰》由金門縣文化局贊助出版。

國家圖書館出版品預行編目

攀越文學的另一座高峰 / 陳長慶著. -- 一版.
[金門縣金湖鎮] : 陳長慶出版 ; 臺北市 :
秀威資訊發行, 2009.07
面； 公分. --(語言文學類； ZG0053)

BOD版
ISBN 978-957-41-6436-3(平裝)
1.中國文學 2.文學評論

820.7 98011732

語言文學類 ZG0053

攀越文學的另一座高峰

贊助單位 / 金門縣文化局
出 版 者 / 陳長慶
作　　者 / 陳長慶
執行編輯 / 黃姣潔
圖文排版 / 陳湘陵
封面設計 / 陳佩蓉
數位轉譯 / 徐真玉 沈裕閔
圖書銷售 / 林怡君
法律顧問 / 毛國樑 律師
編印發行 / 秀威資訊科技股份有限公司
台北市內湖區瑞光路583巷25號1樓
電話：02-2657-9211 傳真：02-2657-9106
E-mail：service@showwe.com.tw

2009 年 7 月 BOD 一版
定價： 250 元

讀　者　回　函　卡

感謝您購買本書，為提升服務品質，煩請填寫以下問卷，收到您的寶貴意見後，我們會仔細收藏記錄並回贈紀念品，謝謝！

1.您購買的書名：＿＿＿＿＿＿＿＿＿＿＿＿＿＿

2.您從何得知本書的消息？

□網路書店　□部落格　□資料庫搜尋　□書訊　□電子報　□書店

□平面媒體　□　朋友推薦　□網站推薦　□其他＿＿＿＿＿

3.您對本書的評價：(請填代號　1.非常滿意 2.滿意 3.尚可 4.再改進)

封面設計＿＿　版面編排＿＿　內容＿＿　文/譯筆＿＿　價格＿＿

4.讀完書後您覺得：

□很有收獲　□有收獲　□收獲不多　□沒收獲

5.您會推薦本書給朋友嗎？

□會　□不會，為什麼？＿＿＿＿＿＿＿＿＿＿＿＿＿＿＿＿

6.其他寶貴的意見：＿＿＿＿＿＿＿＿＿＿＿＿＿＿＿＿＿＿＿＿

＿＿＿＿＿＿＿＿＿＿＿＿＿＿＿＿＿＿＿＿＿＿＿＿＿＿＿＿＿

＿＿＿＿＿＿＿＿＿＿＿＿＿＿＿＿＿＿＿＿＿＿＿＿＿＿＿＿＿

＿＿＿＿＿＿＿＿＿＿＿＿＿＿＿＿＿＿＿＿＿＿＿＿＿＿＿＿＿

讀者基本資料

姓名：＿＿＿＿＿＿＿＿＿＿　年齡：＿＿＿　性別：□女　□男

聯絡電話：＿＿＿＿＿＿＿＿　E-mail：＿＿＿＿＿＿＿＿＿＿

地址：＿＿＿＿＿＿＿＿＿＿＿＿＿＿＿＿＿＿＿＿＿＿＿＿＿

學歷：□高中(含)以下　□高中　□專科學校　□大學

□研究所(含)以上　□其他＿＿＿＿＿＿＿

職業：□製造業　□金融業　□資訊業　□軍警　□傳播業　□自由業

□服務業　□公務員　□教職　□學生　□其他＿＿＿＿＿

請貼
郵票

To：114

台北市內湖區瑞光路 583 巷 25 號 1 樓

秀威資訊科技股份有限公司　　　收

寄件人姓名：

寄件人地址：□□□

(請沿線對摺寄回,謝謝!)